詩作論／イタリアルネサンス文学・哲学コレクション②

イタリアルネサンス文学・哲学コレクション［2］
責任編集――澤井繁男

詩作論

Discorsi dell'arte poetica

トルクァート・タッソ
Torquato Tasso

訳――村瀬有司

RINASCIMENTO
ITALIANO

水声社

本書は、
澤井繁男の編集による
イタリアルネサンス文学・哲学コレクションの
一冊として刊行された。

Torquato Tasso（1544-1595）

目次

凡例

一、本書は、トルクァート・タッソ『詩作論』の全訳である。底本として、次の版を用いた。
Torquato Tasso, *Discorsi dell'arte poetica e del poema eroico*, a cura di Luigi Poma, Laterza, Bari, 1964.
その他、翻訳にあたって参照したテクストは巻末の「訳者解説」に記した。

一、ルネサンス関連の人名・地名などの固有名詞の表記は概ね『ルネサンス百科事典』（T・バーギン他編、原書房、一九九五）にしたがう。それ以外の固有名詞の表記にあたっては慣用を優先した。

一、訳注は巻末に配した。

一、〔　〕は訳者による補足・注記を示す。

一、本文内の引用箇所は現在普及しているテクストではなく、底本の表記に基づいて訳出した。このため細部において語句の異同がある。

シピオーネ・ゴンザーガ殿へ

第一巻（1）

英雄詩を書こうとする人は、次の三点に注意する必要があります。詩人の技術が作りだす最上の形にふさわしい題材を選ぶこと、題材にそのような形を与えること、そして最後に題材の性質に見合った最良の装飾をほどこすことです。本論の全体は、これら三つの項目にかんして、私がいま示した順序にしたがって分けられます。まず題材を選ぶにあたって詩人が見せるべき見識から出発して、それを配置し構成する際に必要となる技術へ移り、さらにそれを装い飾る技術へと進むことになるでしょう(2)。

生の題材(詩人や弁論家の技術からまだ何の寄与も受けていないものが生の題材と呼ばれま

すが）は、鉄や木材が職人の思案の対象になるのと同じく、詩人の思考の対象となります。というのも、船を造る職人は船の形がどうあるべきかを知っているだけでなく、どんな種類の木材がこの形に適しているかも承知していなければなりませんが、同様に詩人も、題材を形成する技術に加えて、それを選別する判断力を備えている必要があるからです。詩人が選択すべきその題材は、それ自体で完璧なものでなければなりません。

生の題材は、弁論家に対してはたいてい偶然かやむをえない事情によって、詩人に対しては自らの選択によって与えられます[3]。ここから、詩人にとって適切でないことが弁論家にとっては賞賛に値するという事態がまま生じることになります。父親を意図的に殺害した息子に同情の念をかき立てるような詩人は非難に値します。しかし弁論家であれば、同じ事件から同情の念を生みだすことで最高の賛辞を手に入れるでしょう。後者においては必要性が考慮されて弁護人の才能が賞賛されるのですが、前者においては詩人の選択が批判されることになります。というのも、確かに技術の力というものは、ある程度までは素材の性質をたわめて、本当らしくないものを本当らしく見せ、本来同情に値しないことを哀れに思わせ、また驚くには当たらないことを驚くべきものに仕立てることができるものですが、こういった性質は本来これらの性質を受け入れるにふさわしい素材のなかに、はるかに容易に、またはるかに優れた状態で導入されるものだからです。そこで同じだけの技術と同じだけの雄弁を駆使して、一方の詩人は知らずに父親を殺してしまったエディプス王から、他方の詩人は自分の非道を十分に自覚しながら息子たちを殺めた王女メデイアから、それぞれ憐憫の情を引きだすと仮定してみましょう。結果はエディプス王の災難をもとに組み立てられた話のほうがメデイアのそれよりもはるかに哀れみ深いものとなるでしょう。双方の技術が似ているばかりか同一であるにもかかわらず、前者が同情の念で人々の心を燃え上がらせるのに対し、後者はかろうじてぬくめる程度でしょう。同じ型の印章でもロウに押した方が、他のより硬いあるいはより柔らかい材質に押した場合よりも良い仕上がりになるものですが、それと同じです。またペイディアスやプラクシテレス(4)の見事な腕前が等しく認められるにせよ、大理石や金の彫像の方が、木や石の彫像よりも価値が高いのと同様です。私がこのようなことに言及したのは、一方の題材ではなくもう一方の題材を選択することが英雄詩においていかに重要かを知っていただくためです。次にどこから題材が取られるべきかをみてみましょう。

　題材は、便宜的に主題とも呼ばれますが、創作されるか、歴史から取られるかであり、前者の場合には詩人は主題の選択だけでなく、発案にもかかわることになります。しかし私の判断では、主題は歴史から取る方がはるかに良いのです。なぜなら叙事詩はあらゆる部分において本当らしさ[5]を追求しなければなりませんが（私はこれを周知の原理と見なしています）、英雄詩にみられるような著名な行いが、歴史の一部として書き留められず、後世に伝わっていないというのは本当らしからぬことだからです。偉大な出来事が世に知られないはずはありません。もしその出来事が書物に受け入れられていないなら、人はそれだけで嘘と判断します。そしていったん嘘だと見なせば、その出来事をすべてもしくは部分的に真実と見なした時のようには容易に、怒りや、恐怖や、憐れみへ気もちを動かされませんし、喜んだり、悲しんだり、不安になったり、うっとりしたりもしません。要するにそれほどの期待と楽しみをもってことの成り行きを追いかけなくなります。ですから詩人は真実の装いで読者を欺かねばならず、また語られている事柄が本当だと信じ込ませるだけでなく、読書をしているというよりは実際にその場にいて見聞きしていると感じるように、それらの事柄を読者の感覚に吹き込まなければなりません。そのためには彼らの心のなかで真実というこの評価を獲得することが不可欠となります。これは歴史の権威を借りることで容易に成し遂げられるでしょう。私がいま話しているのは、悲劇詩人や叙事詩人のような、著名な出来事を模倣する詩人のことです。というのも庶民の身近な行いを模倣する喜劇詩人には、本当らしさにそむくことなく、自由に主題を考案することが常に許されているからです。なぜなら個人の私的な行いについてはたとえ同じ町に暮らす住人の間でも正確な知識などまったくないからです。アリストテレスの『詩学』には、架空の筋立てはその新しさゆえに庶民に好まれると書かれていますが[6]（古代の作家ではアガトンの『アンテウス』、近いところではボイアルドとアリオストの英雄談[7]や、最近の作家たちの悲劇がこれにあたります）、だからといって架空の筋立てが高貴な詩においても多大な賞賛に値すると信じてはいけません。これは本当らしさから得られる根拠によって証明されたとおりですし、また他の論者たちがその他のさまざまな理由とともに結論づけているとおりです。それらの理由に加えてさらに、詩の斬新さは主としてこの点、つまり題材が聞いたことのない創作物であるということにかかっているのではなく、筋の展開とまとめ方の新しさにかかっているのだということを指摘できます。テュエステス、メデイア、エディプスの主題は古代のさまざまな詩人に取り上げられてきましたが、彼らは違うやり方で主題を織り上げることによって、それをありふれたものから独自のものへ、古いものから新しいものへと変えたのです。したがって他の詩人たちにすでに取り上げられている周知の題材であっても、筋の構成、結末が新しく、中間に挿入するエピソードが新しければ、その詩は新しいでしょう。逆に、登場人物と主題が創作されたものであっても、以前に別の詩人がしたのと同じやり方で主題を展開し締めくくるなら、その詩は新しいとはいえないでしょう。おそらく最近の悲劇のいくつかはそのようなものであり、そこでは題材と登場人物は創作されているのですが、筋の網の目が古代のギリシア詩人に見られるのと同じやり方で作られ解かれているために、歴史がもたらす権威もなければ、創作がもたらすとされる斬新さもないという結果になっています。

したがって叙事詩の主題は歴史から取らなければなりません。しかし歴史には、私たちから偽りと見なされている宗教の時代と、今日のキリスト教やかつてのユダヤ教のように、真実と思われている宗教の時代があります。私は異教徒の行いが、完璧な叙事詩を作るのに好都合な主題を提供してくれるとは思いません。なぜならそのような詩のなかでは、異教徒に崇められている神々に頼るか、頼らないかのどちらかになりますが、もし頼らなければ、その詩には驚異が欠けることになり、頼るならば、その箇所で本当らしさが欠けることになるからです。無知な連中だけでなく、学識ある人々の心をも動かすような驚異を備えていない詩は、実際あまり面白くありません。私が言っているのは、魔法の指輪や、魔法の盾、空を飛ぶ馬や、ニンフに姿を変える船、戦士たちの間に介入してくる亡霊や、その他これに類する事象です。(8) 分別のある詩人は、こういった事柄を薬味のように用いて、自作の味を調えるはずです。これによって俗衆の味覚を魅了し、博学な人たちにも退屈な思いをさせないばかりか満足させることさえできるからです。しかしこれらの奇跡が自然の力によってはなされえない以上、私たちは必然的に超自然の力に頼ることになります。そして異教の神々に頼るならば、たちまち本当らしさは失われてしまいます。なぜなら、今日の人間に、誤りであるばかりか、ありえないとさえ思われている事柄が本当らしく見えるはずはありませんが、かつても今も存在したためしのない、実体を欠いた虚妄の神々の力から、自然と人知を大きく超える出来事が生じるなどということはまさにありえないことだからです。誰でも多少の分別があれば、ゼウスやアポロンやその他の異教の神々がもたらす驚異が（その名に値するにはせよ）いかに本当らしさからかけ離れ、またいかに無力で無味乾燥なものであるか、古代の嘘の宗教をもとにした当の詩を読むことによって簡単に理解することができるでしょう。

シピオーネ殿(9)、驚異と本当らしさというこの二つの性質は非常に異なっており、それもほとんど正反対という具合に相異なっています。にもかかわらず、そのどちらも英雄詩には必要なのですから、優れた詩人には両者を結びつける技術が求められます。これは今まで多くの詩人によって成されてきましたが、どのように成すのか教えてくれた人は（私の知るかぎり）一人もいません。むしろ最高の学識をそなえた何人かの人たちは、これら二つの性質の隔たりを見て、詩のなかの本当らしい部分は驚異ではありえず、驚異である部分は本当らしくない、しかしどちらも必要なのだから、ある時は本当らしさを、またある時は驚異を、一方が他方に屈するのではなく、互いに和らげあうような具合に求めるべきだと考えました。私自身はこの見解、詩のなかに本当らしくない部分が存在するという見解を認めません。私をこのような信念へ導く理由は次のとおりです。詩はその本質において模倣に他なりません（この点に疑問の余地はありません）。そして模倣するとは、似せることを意味しているので、模倣が本当らしさから切り離されることはありえません。したがって詩のいかなる部分も本当らしさから切り離されては存在しえないのです。要するに本当らしさというものは、詩を美しく飾り立てるために求められる副次的な条件の一つなどではなく、詩の本質をなす内在的条件であり、全ての部分においていて他のいかなるものにもまして必要となるものなのです。しかし私は本当らしさを維持するという義務に絶えず叙事詩人を従わせはしますが、だからといって彼からもう一方を、つまり驚異を除外するつもりはありません。むしろ私は同じ一つの事柄が驚異であると同時に本当らしくもありえると考えているのです。このように異なる性質を結びあわせる方法は多数あると思いますが、ここでは議論の流れにしたがってその一つについてのみ語ることにして、他のやり方についてはそれらにふさわしい、筋立ての構成を論じた箇所に譲るとしましょう(10)。

詩人は、人間の力をはるかに上回る行いを、神や、天使や、悪魔に、もしくは神や悪魔からこのような能力を授けられた聖人や、魔術師や、妖精のような存在に帰すべきです。このような行いは、それ自体として考えるなら、驚くべきものに思われるでしょうし、一般的な言い方では奇跡とも呼ばれます。同時にこの行いは、それを成したものの徳や力に注目するならば、本当らしいと見なされるでしょう。人々は産着のなかで母乳とともにこのような考えを飲み込んできましたし、またこの考えは聖なる信仰（神とその使徒、並びに神が許すならば悪魔と魔術師は自然の力を超えた驚くべきことを成すことができるという教え）の師父たちによって心のなかでゆるぎないものにされ、さらに毎日のように不思議な事例が想起されるのを読んだり聞いたりしているわけですから、人々が可能だと信じているばかりか、実際に何度も起こったし今後も頻繁に起こりえると見なしているその事柄が本当らしく思われないはずはないでしょう。同様に、虚偽の信仰という過ちのなかで生きていた古代の人間にとっても、彼らの神々について詩人のみならず歴史家さえもが折々語っていた奇跡はありえないこととは思われていなかったはずです。たとえ学識ある人々がそれらの事象を不可能だと断じたにせよ（実際そのとおりなのですが）、詩人にとっては他の多くの事柄と同様、この点においても大多数の同意があれば十分なのであり、詩人はしばしば事物についての厳密な真理は捨て去って、この同意に従うものだし、また従うべきなのです。こういうわけで同じ一つの出来事が驚くべきものでありながら本当らしく見えるということが可能になります。その出来事を自然の境界のなかでそれ自体として眺めるならば驚くべきものとなりますし、それを自然の境界から切り離し、頻繁に奇跡を行う超自然の力という要因に基づいて考えてみるならば本当らしく見えるはずです。しかし異教の神々を導入した詩には本当らしさと驚異を結合するこの方法が欠けています。逆にキリスト教に基づいて創作をする詩人はこの方法を手軽に利用することができます。この理由一つをとってみても、私の考えでは、叙事詩の主題は異教徒の歴史からではなく、キリスト教やユダヤ教の歴史から取るべきだという結論になります。加えてキリスト教は、天界や地獄の御前会議を描くに当たっても、予言や儀式を描くに当たっても、異教がもたらすのとは異なる壮大さ、異なる品格、異なる威厳をもたらすことができます。最後に、完璧な理想の騎士を作り上げようとする詩人が（これは最近の何人かの作家たちの意図かと思われましたが）、いかなる理由で慈愛と信仰というこの誉れを当の騎士に拒むのか、そして彼を邪まな偶像崇拝者として描き出すのか、[11]私にはその理由がわからないのです。もしテセウスやイアソンやその他の異教の英雄に、明らかな矛盾なしには真の信仰の情熱を付与することができないのなら、テセウスもイアソンもその他の同類も捨て去って、かわりにシャルルマーニュやアーサー王やそれに類する別の人物を選択すればいいのです。また差し当たってここではふれませんが、詩人は有用性にも配慮しなければいけないので、もしも詩人としてでなければ（というのも詩人は有用性を主要な目的とするわけではないので）[12]、少なくとも市民および共和国の一員として、彼は異教の騎士よりも信心深い騎士の手本でもって人々の心を上手に燃え上がらせるべきです。似ていない者より似ている者、異国の人よりも身近な人の手本の方がいっそう心を動かすからです。

したがって叙事詩の主題は、私たちが真実と見なす宗教の歴史から取らなければなりません。

しかしこの歴史は、信仰を支える土台となっているためにそれを書き変えると異端となるような、神聖にして犯すべからざるものであるか、それともその歴史に含まれる事柄が信仰箇条とは一致せず、その結果、傲岸不遜や不信心の罪を負わずにそこに何かを付け足したり、取り去ったり、改変したりすることが許されるようなものであるかのいずれかです。叙事詩人は信仰の基盤となるような歴史には手をださずに、それを正真正銘の真実として敬虔な人々にゆだねるべきです。なぜなら、その歴史においては創作することが許されないからです。何も創作しないもの、つまり細部にいたるまで史実にしたがうものは、詩人ではなく、歴史家でしょう。それゆえ叙事詩の主題は真の宗教の歴史から取るべきですが、改変が不可能なほどに大きな権威をもった歴史から取るべきではありません。

しかしその歴史のなかには、今日の出来事も、遠い昔のことも、古くもなければ新しくもない中間の事柄もあります。遠い昔の歴史は創作に際して大きな便宜を詩人に与えてくれます。そのような時代の出来事は太古の奥底に埋もれていて曖昧な記憶がかすかに残っているに過ぎないので、詩人は意のままに繰り返しその出来事を改めて、事実にまったく配慮することなく好きなように語ることができるからです。しかしこの利点と一緒に小さからぬ不都合が生じるでしょう。なぜなら古い時代とともに古めかしい習慣も取り込まれてしまうからです。古代の人間の戦さの仕方や武器の使用法、また彼らの習慣のほとんど全ては、今日の人々には不快感なしには読めないでしょう。その実例はホメロスの作品から取ることができます。彼の作品は大変に神々しいのに、わずらわしく感じられることがあります。その理由の大半は、今日の優雅と品位に慣れ親しんだ者たちから時代遅れでかび臭いと忌み嫌われる、当時の習慣の古めかしさにあります。しかし大昔の時代に昨今の習慣を取り入れたりしたら、その人は、ミラノやナポリの若者に流行の衣装でカトーやキンキナートゥス(13)を描き出したり、ヘクトルから棍棒と獅子の毛皮を取り去って、今風のかぶと飾りと陣羽織でその姿を装うような、分別の足りない画家にそっくりだと見なされるでしょう。

当代の歴史はこの習慣と風俗にかんしては大きな便宜を与えてくれますが、詩人とりわけ叙事詩人に必要不可欠な創作の自由をほとんどすべて奪い去ってしまいます。今に生きる多くの人たちが実際に見たり触れたりしたのとは違う形でカール五世の偉業を描き出そうとすれば、その詩人は厚顔無知と見なされるでしょう。人はみずからが知っているか、あるいは両親や祖父母といった確かな関係を通じて知りえたことについては、嘘をつかれるのに我慢がならないものです。これに対して、ごく最近でもなければ大昔でもない時代ならば、習慣が不快になることもありませんし、創作の自由が奪われることもありません。シャルルマーニュやアーサー王の時代あるいはその前後の時代がそのような中間の時代です。それらの時代が多くの騎士物語作者たちに主題を提供したという事実は、このような事情によります。これらの時代の記憶はちょっと嘘を言っただけで厚かましいと思われるほどに鮮明ではないですし、習慣も私たちの時代と大差ありません。たとえ若干の違いがあるにせよ、昨今の詩人がこの時代設定を用いてくれたおかげでその相違も身近で親しみやすいものになりました。したがって叙事詩の主題は真の宗教の歴史から、ただし変更が許される程度に神聖な歴史から、また今を生きる私たちの記憶にそれほど近くもなければ遠くもない時代から取るべきだということになります。

以上に述べたすべての条件が、シピオーネ殿、生の題材に求められていると私は考えていますが、しかしだからといって、そのうちのどれか一つが欠けただけで、その題材が英雄詩の形式を受け入れるのに価しなくなるとは思いません。それらの条件は、単独では程度の差はあれ若干の効果をもたらすに過ぎません。しかしすべてそろえば大きなものとなりますので、それらをいくつも欠くような題材は完璧な形式を受け入れるのに適していません。しかし、英雄詩に求められるこれらの条件に加えて、単独で必要となるもう一つの条件を挙げてみましょう。それは、叙事詩人の技法の対象となる行為は、高貴で名高いものでなければならないという条件です。これこそは叙事詩の本質をなす条件であり、この点で叙事詩と悲劇は共通し、また卑近な行為の模倣たる喜劇とは一線を画します。しかし一般には、悲劇と叙事詩はともに有名な出来事を模倣しているために模倣される事柄については差がなく、双方のジャンルの違いはもっぱら模倣の仕方の違いから生じていると思われているようですので、この点についてさらに詳しく吟味してみるのがよいでしょう。

アリストテレスは『詩学』のなかで、この詩をあの詩から分け隔てる、(いわば)ジャンルにかかわる三つの本質的な違いを提示しています。[14] その違いとは、模倣される事柄、模倣の方法、模倣に使う道具の相違です。模倣される事柄とは行為のことです。方法は叙述と上演です。叙述は語り手として詩人があらわれる場合であり、上演は詩人が隠れ役者が語り手として現れる場合です。道具には言葉と音曲とリズムがあります。リズムとは役者がみせる動きと仕草の調子を指します。アリストテレスはこれら三つの本質的差異を打ちたてた後で、これらの差異からいかにして詩のジャンルの相違が生じるかを探求し、次のように述べています。悲劇は模倣の仕方と道具において喜劇と一致する、なぜならともに上演を行い、ともに詩句に加えてリズムと音曲を使うからである。しかし模倣される行為の違いが両者を区別する。悲劇は貴人の行為を、喜劇は庶民のそれを模倣するからである。また叙事詩は模倣される事柄においては悲劇と一致する、どちらも貴人の行動を模倣するからである。しかし模倣の仕方が両者を区分する。叙事詩人は叙述し、悲劇詩人は上演する。また道具も異なっている。叙事詩人は詩句だけを使うが、悲劇詩人は詩句に加えて、リズムと音楽も利用する。

アリストテレス特有の難解な簡潔さで述べられたこれらの規定から、悲劇と叙事詩は模倣される事柄においては完全に一致すると信じられてきました。この見解は広く一般に流布したものですが、私には正しいとは思われません。私をそのような確信へと導く理由は次のとおりです。同一の原因からは同一の結果が生じるものなので、もし叙事詩の行為と悲劇のそれが同じ性質をもつならば、両者は同じ結果を生み出すはずである、ところが同じ結果をもたらしてはいない、したがって、双方の行為の性質は相異なる。両者から同じ結果が生じていないことは、明らかです。悲劇の行為は恐怖と哀れみを喚起するものであり、この恐ろしさと憐憫がなければ、もはや悲劇ではありません。これに対して叙事詩の行為は哀れみと恐れをもたらすために生まれたのではなく、これらが必要条件として求められているわけでもありません。恐ろしい出来事や哀れをもよおす事件は叙事詩のなかにもまま見られますが、だからといってその筋立ての全体にわたって恐怖や哀れみが求められているわけではなく、むしろその種の事件は副次的なものであり装飾のために挿入されているに過ぎません。それゆえ悲劇の行為と叙事詩のそれがどちらも世に名高いにせよ、その性質は相異なっているのです。悲劇の知名度は運命の予期せぬ変化や、恐怖と哀れみを喚起する事件の大きさに起因します。しかし英雄叙事詩の知名度は、卓越した武勇による偉業や、高潔、寛大、慈悲、信心の行いにもとづくものです。叙事詩に固有のそれらの行動はいかなる形においても悲劇には適しません。悲劇と叙事詩それぞれの登場人物が、地位と品格はともに最上でありながら、性格において異なるという事態がここから生じてきます。悲劇は善人でもなく悪人でもない、中間の人物を求めます[15]。オレステスやエレクトラ、イオカステがそうです。アリストテレスはそのような中間性を誰よりもエディプスに見出したために、彼の人格を悲劇の筋立てにもっともふさわしいと判断しました。これに対して叙事詩は登場人物に最高の徳を求めており、彼らはその並はずれた徳にちなんで英雄的と呼ばれます。アエネーアスには卓越した慈愛が、アキレウスには秀でた武勇が、ユリシーズには思慮分別がありますし、キリスト教徒に目を移せばアマディージ(16)には忠誠心が、またブラダマンテ(17)には堅固な貞節があります。むしろこのうちの何人かには、徳のすべてが集まっています。悲劇詩人と叙事詩人が同一人物を主題にすることがあるにせよ、その登場人物は違うあり方、違う視点で描き出されています。叙事詩人はヘクトルとテセウスの姿に卓越した武勇を見出しますが、悲劇詩人は彼らを、何かの罪を犯し、そのために不幸に陥った人物と見なします。また叙事詩人は、最高の徳だけでなく最低の悪徳も、悲劇詩人に比べて安全に受け入れることができます。メゼンティウスやマルガノッレやアルケローロがその例ですし、ブシリスやプロクルステスやディオメデスや他の同類もそうなりえます(18)。

以上のことから、悲劇と叙事詩の違いは模倣の道具と方法の相違から生じるだけでなく、それらに先だって、またいっそう明確に、模倣される内容の違いから生じることが分かります。この違いは他よりもはるかに特徴的で、内在的で、本質的です。そしてアリストテレスがこの点に言及しなかったのは、彼にとってはその箇所で悲劇と叙事詩がジャンルを異にすることを示せばそれで十分だったからなのです。そしてそのことだけなら、この本質的な違いよりも一見したところはるかに目につきやすい他の二つの相違によって十分に明示できます。しかし私たちが英雄詩に委ねたこの名高いという特徴は程度に差がありますので、題材のうちに含まれる出来事が偉大と気高さの度合いを高めれば高めるほど、その題材は英雄詩の崇高な形式にいっそうふさわしいということになるでしょう。ですから私は、フローリオの恋や、テアゲネスとカリクレーアの愛といった[19]、さして壮麗でない出来事からでも叙事詩を構成できることを否定はしませんが、しかしいま探求している完璧な英雄詩のイデアにおいては、題材がそれ自体で高貴と崇高の最高の段階に達していることが必要なのです。アエネーアスのイタリア到来はこの最高の段階にあります。なぜならその主題はそれだけ見ても偉大で名高いものですが、ローマ帝国がこの到来に端を発していることを考えあわせるならば、この上なく偉大で名高いと言えるからです。『アエネーイス』の冒頭でふれられているように、神聖な詩人はこの点に特別な注意を払っていました。

ローマ民族の礎を築くのは、かくも大きな苦難を伴なうことだった[20]。

トリッシノ[21]の叙事詩に題材を提供したゴート族からのイタリア解放というテーマもそのような

ものですし、帝国の威信のために、あるいはキリストの賛美のために、首尾よく立派になされたその他の偉業も同様です。そのような偉業はそれだけで読者の心をとらえ並外れた期待と喜びを目覚めさせますが、そこに優れた詩人の技術が加わるなら、人々の心になしえないことは何一つありません。

シピオーネ殿、ここに明敏な詩人が生の題材に求めるべき条件が出揃いましたが、それは(すでに述べたところを手短にまとめると)、歴史の権威、真実の宗教、創作の自由、適切な時代、偉大で高貴な出来事です。しかし、叙事詩人の技術に服する前は題材と呼ばれていたものも、手をかけられ整理されて筋立てとなった後は、もはや材料ではなく、叙事詩の形相と魂になります。アリストテレスはそう見なしています。[22] 純粋な形相ではないにせよ、少なくとも質料と形相の複合体と見なすことはできるでしょう。私はこの議論の冒頭で、生の題材と呼ばれるものを、自然学者が第一質料と呼ぶものに喩えましたが、哲学者たちはいまだいかなる形ももたないこの質料にかんして、形が生まれる前からそこに存在し、形が崩れ去った後も残りつづけ、常に永遠にそれに付随しつづける量というものを洞察しています。同様に詩人も自分の題材にかんして、何よりもまず量を洞察しなければなりません。詩人が題材を選ぶ際には必ずある量を伴ったものとしてそれを選ぶことになるので、量にかんする考察が題材と不可分になるのです。ですから詩人は、取り上げる題材のそもそもの分量があまりにも多い結果、筋立てを構成する際に多数のエピソードを挿入し、もとは簡素な事柄にまばゆい装飾を加えたら、作品が不格好な様相を呈するまでに肥大化してしまった、ということのないように注意するべきです。というのも後ほどしかるべきところで論じるように[23]、叙事詩は一定の大きさを超えるべきではないからです。このような膨張と超過を避けたいのなら、詩人は叙事詩に必要なエピソードや装飾を捨てざるをえず、純粋素朴な歴史の範囲に留まらざるをえなくなります。そのような欠陥はルーカーヌスやシーリウス・イタリクスに見られます[24]。どちらもあまりに広大な題材を抱え込んでしまいました。というのも前者はタイトルが示すところの『パルサリア』の戦いだけでなく、カエサルとポンペイウスの間で行われた市民戦争の全てを、また後者は第二次ポエニ戦争の全体を取り上げたからです。これらの主題はもとが膨大であるために、それだけで叙事詩に許された容量をすべて埋めつくしてしまい、詩人に創作と創意の余地を残しておくことができません。詩人シーリウスと歴史家リウィウスが取り上げた同じ出来事を比較してみると、ものの道理が求めるところとは反対に、しばしば歴史家よりも詩人の方に簡素で飾りのない記述が見られるように思われます。同じことはトリッシノにも指摘できるかもしれません。彼はベリサリウスによるゴート族討伐遠征の全てを主題にしようとしたために、しばしば詩人にふさわしからぬ、痩せこけた姿を見せています。もしその偉業の一部だけ、もっとも高貴な個所だけを選んでいたなら、その詩は見事な創意でいっそう飾り立てられいっそう美しくなっていたでしょう。要するにあまりにも広大なテーマを自らに課すものは、適切な範囲を超えて作品を拡張せざるをえないか（そのような度を越した大きさは、『恋するオルランド』と『狂えるオルランド』というタイトルも作者も異なる二作品を、実質的にそうであるように一つの作品と見なした場合に見られることでしょう）[25]、もしくは叙事詩に必要不可欠な、多彩な挿話やその他の装飾を捨てざるをえません。この点でもホメロスの判断は卓越していました。彼はごく短い題材を自らに課し、それを挿話でふくらませ、あらゆる種類の装飾で豊かにして、賞賛すべき適切な大きさへと仕立て上げたのです。ウェルギリウスの方はいっそう大きな題材を自らに課しており、あたかもホメロスの二つの叙事詩の内容をただ一つの作品に納めようとしたかのようです。しかしだからといって、あの二つの陥穽のいずれかにはまるほど大きな主題を選んだわけではありません。とはいえ彼は、装飾に際してたいそう慎ましくストイックであるために、その無駄のなさと簡潔さは誰にもまねのできない見事なものではありますが、ホメロスの華麗、豊饒な雄弁に比べると詩的なものが少ないでしょう。私はこの点についてスペローネ(26)から聞いたことを覚えています（パドヴァで勉強していたとき、私は学校よりも彼の私邸に足しげく通ったものでした。というのもそこはソクラテスやプラトンの弟子たちが議論の場としたあのアカデミーやリュケイオンを彷彿とさせましたので）、その彼からこんな言葉を聞いたことを覚えています。いわく、われらがラテンの詩人〔ウェルギリウス〕はギリシアの詩人〔ホメロス〕よりもむしろギリシアの弁論家〔デモステネス〕に似ており、われらがラテンの弁論家〔キケロ〕はギリシアの弁論家よりもギリシアの詩人に似ている、ギリシアでは雄弁家と詩人はそれぞれ独自に自分の学芸の力を探求したのに対して、ラテンでは詩人と弁論家は他方の学芸の長所を横取りしている、と。実際それぞれのやり方を詳しく研究する者は、キケロの豊かな能弁がホメロスのゆったりした雄弁によく似ており、同様にデモステネスとウェルギリウスが秀逸な簡潔さのもたらす鋭さ、稠密さ、力において互いによく似ていることに気づくでしょう。

以上に述べたところをまとめると、生の題材の分量は、詩人の技法から多数の加筆を受けても適切な範囲を超えない程度の大きさでなければならず、それ以上であってはならない、ということになります。しかし詩人が主題の選択に当たって示すべき判断についてはすでに十分述べたので、議論の順序にしたがって、次章では主題を配置し構成する技法を論じることにいたしましょう。

第二巻(1)

詩人があらゆる長所を備えた題材を選んだとしても、彼のもとには、その題材に詩の形と配列を与えるという、さらに困難な仕事が残っています。そしてその作業にあたっては、あたかも中心課題に取り組むかのように、技法の力のすべてが発揮されることになります。しかし、特に詩の本質をなし、詩を歴史とは異なる存在にしているのは、個々の事実よりも普遍的な本当らしさに着目しながら、起こったことではなく、起こるべきであったこととして事物を考えることに他なりませんので、詩人は何よりもまず、自分が取り上げる題材のなかに、別の仕方で起こっていたらいっそう本当らしく見え、いっそう賛嘆されるような出来事がないか、別の理由があったらさらに大きな喜びをもたらすことがないか注視するべきです。そしてそのようなこと、すなわち別の仕方で起こっていたらもっと都合がよかった出来事を見つけた場合には、詩人はそれらすべてを、事実と歴史に配慮することなく意のままに書き改めるべきであり、粗悪な事実に完全な虚構を付け加えながら、それらの偶発的な出来事を自分がより良いと判断する形に変えるべきです。

神聖なるウェルギリウスは、この規則をたいへん上手に活用しました。なぜなら、彼はアエネーアスの放浪についても、彼とラティウム族の戦いにかんしても、事実ではなく、彼自身がより適切ですばらしいと思ったことを追いかけたからです。ディードの恋と死、キュクロプス、シビュラ、それにアエネーアスの冥府下りが偽りであるのはもちろんのこと、アエネーアスとラティウム族の戦いについても、彼は事実と違う形で描いています。このことは、彼の『アエネーイス』をリウィウスの第一巻やその他の歴史家の記述と比較してみればよく分かります。彼は厳粛な題材に甘美な愛の対話を挿入するために、またローマとカルタゴの敵対関係に深い因縁を与えるために、ディードを描くにあたって時間の順序を大幅に変更しましたし、本当らしさと驚異を組み合わせるために、キュクロプスとシビュラの物語に頼りました。(2) 同様に、トゥルヌスの死を書き換え、アエネーアスの死については口をつぐみ、アマータ(3)の死を加筆して、出来事と戦いの順序を改めることによって、アエネーアスの栄光を高め完璧な結末であの崇高な詩を締めくくりました。時代の隔たりがそのような創作を大いに手助けしました。

しかしながら、詩人にこのような自由が認められるにせよ、彼が取り上げる偉業の最後の結末や、世に事実として受け入れられている有名な大事件を、全面的に書き改めるところまで行ってはいけません。ローマを敗者、カルタゴを勝者として描き出すものや、ハンニバルはファビウス・マクシムスによって平野で撃破されたのであり注意深く監視されていたのではないと記す者は、この種の厚かましさを露呈することになるでしょう。仮に、ある詩人が、相応の意図に基づいてではあれ事実を曲げて言った次の一節が本当だったとするならば、ホメロスも同様の蛮勇をふるったことになるでしょう。

すなわちギリシアが敗れ、トロイアが勝者で、
ペネロペイアは売春婦だった。(4)

というのも、こんなことをすれば、歴史に由来する権威を詩から完全に奪い去ることになるからです。先に私たちはこのような理由に動かされて、叙事詩の主題は何らかの史実に立脚すべきと結論しました。叙事詩人は、取り上げる偉業の発端と結末を、また特に有名ないくつかの個所を、まったくあるいはほとんど変えずに事実のままにしておくべきです。そしてその後で、必要と思われるなら、中間部分と周囲の状況を変更し、いくつかの出来事の時間と順序を書き換えて、要するに真実の歴史家よりも巧みな詩人であるところを見せるべきです。しかしながら、叙事詩人が自らに課した題材のなかに、まさに起こるべきとおりに具合よく起こった出来事があるならば、彼はそれを改めることなくそのとおりに模倣することができます。そうしたからといって、彼が詩人の人格を脱ぎ去って、歴史家の人格を身に付けたことにはなりません。というのも、同じ一つの出来事を、ある者は詩人として、ある者は歴史家として取り上げることがありますが、その出来事は両者から違う視点で考察されているからです。歴史家はそれを事実として語りますが、詩人は本当らしいこととして模倣します。私はルーカーヌスを詩人ではないと考えますが、私がそのような確信を抱くのは、他の人たちをそのような考えへと導く理由、すなわちルーカーヌスは実際に起きたことを語っているから詩人ではないという理由のためではありません。これだけでは十分ではないのです。ルーカーヌスが詩人でないのは、彼が個々の事実に従うあまり普遍的な本当らしさに配慮することを忘れているからであり、事実をありのままに語ってはいるものの、あるべきこととして模倣しようと努めていないからです。

さて、詩人は歴史に見られる個々の事実を、詩の技法本来の目標である普遍的な本当らしさへと改めたら、次に筋立てが（私は出来事の織物あるいは組み立てと定義できるような詩の形態を筋立てと呼んでいます）、自分が組み立てようとするその筋立てが、完全となるように、つまりすべてを含むように、また適切な大きさとなるように、さらには一つとなるように、配慮しなければなりません。筋立てに必要となるこれら三つの条件について、いま示した順序にしたがって一つずつ論じていくことにいたしましょう。

筋立ては、すべてを含むか、あるいは完全でなければなりません。なぜなら筋立てには申し分のない状態が求められているからです。しかし、完全でないものは申し分がないとは言えません。この完全性は、発端、中間、結末をもれなく含んでいる筋立てに見出されるでしょう。発端とはそれが他の出来事の後に生じることなく、他の出来事がその後に生じるものです。結末とは他の出来事の後に生じるもの、その後にはいかなる出来事も伴わないものです。中間は両者の間にあって、何らかの出来事の後に生じ、また自らの後ろに何らかの出来事を伴うものです。しかし、私はこのようなそっけない定義から抜け出して、完全な筋立てとは、その理解に必要なものをもれなく自身のうちに含み、詩人が取り上げる偉業の原因・発端が示されており、しかるべき中間部分を経由しながら、何一つ未完のまま曖昧に放置することなく結末へと導かれる、そのような筋だと申しましょう。この完全性という条件は、ボイアルドの『恋するオルランド』には欠けており、アリオストの『狂えるオルランド』にもありません。『恋するオルランド』には結末がなく、『狂えるオルランド』には発端がないのです。しかし前者は技術の欠如のせいではなて、作者の死のためにそうなったのであり、後者は作者の無知のせいではなく、前者によって始められた作品を完成に導くという意図のためにそうなったのです。『恋するオルランド』が不完全であることは証明するまでもありません。『狂えるオルランド』が完全ではないということも同様に明らかです。なぜならルッジェーロの恋がその詩のメインプロットだとするなら、その恋の発端がそこには欠けていますし、シャルルマーニュとアグラマンテの戦いがそうだとしても、やはりその発端が欠けているからです(5)。というのも、いつどのようにしてルッジェーロがブラダマンテへの愛に囚われたのかそこには読み取ることができませんし、いついかなるやり方でアフリカ勢がフランス方に戦いを挑んだのかも、一、二行ほのめかされている箇所を除けば、どこにも読み取ることができないからです。読者はこの筋立ての理解に必要となる情報を『恋するオルランド』から引き出すのでなければ、手探りで闇のなかを進むことになるでしょう。しかし私がすでに述べたように、『恋するオルランド』と『狂えるオルランド』は別個の二作品と考えるべきではなく、一方の詩人によって始められ、他方の詩人によって同じ道筋に沿いながら、より巧みに展開され、より上手に色づけられて結末に導かれた、ただ一つの詩作品と考えるべきなのです。そしてこういう具合に一つの作品としてみれば、それは筋立ての理解に必要なものが何一つ欠けていない、完全な詩だといえるでしょう。この完全性という条件は、仮にホメロスがトロイア戦争を自作の主題に選んだということが本当だとすれば、彼の『イリアス』にも欠ける結果となるでしょう(6)。しかし古代の人々によって唱えられたこの見解は今日の識者たちから反駁されて、間違いであることがはっきりしています。ホメロス自身がその意図を正しく証言しているように、『イリアス』で歌われているのは、トロイア戦争ではなく、アキレウスの怒りなのです。「ムーサよ、ペーレウスの子、アキレウスの怒りを私に語りたまえ。その怒りこそは、無数の痛みをギリシア方にもたらし、数多くの英雄の魂を地獄に追いやったもの」[7]。ホメロスはトロイア戦争について述べられているすべてのことを、アキレウスの怒りに起因することとして、要するにアキレウスの栄光と筋の長さを増大させるエピソードとして語ろうとしたのです。アキレウスの怒りについてはその発端も原因も、祭司クリュセイスの到来とブリセイスの強奪の場面で余すところなく語られています。そしてその怒りは、結末に至るまで、つまりパトロクロスの死をきっかけに生じるアキレウスとアガメムノンの和解に至るまで一貫して語り継がれています。この結果、その筋立てはすべての部分で完璧となり、解釈に必要となる情報を物語の内部にもれなく含むことになるので、理解の助けとなる補完物をよそからもらう必要がありません。この種の欠陥は、内容を紹介する散文を冒頭に掲げざるをえない今日の詩作品に指摘することができるでしょう。そのような要約や類似の助けから得られる明晰さは、詩人の技巧でもなければ、本分でもなく、外来的なもの、恵んでもらったものに過ぎないのです。

しかし筋立てに求められる第一の条件についてはすでに十分論じましたので、二つ目の条件である大きさに話を進めましょう。筋の大きさについては題材の選択を取り上げたところですでに検討しましたが、構成の技術を考察するこの箇所で改めてそれについて論じたとしても、余計なこと、不適切なことではないでしょう。というのも先ほどは生の題材がそなえる大きさに目を向けましたが、ここでは詩人の技法によってエピソードとして導入される大きさを考察するからです。

自然の形態は一定の大きさを求めるものであり、最大と最小という範囲のなかに収められていて、過剰や過小によってそこからはみ出すことは許されません。技術が生み出す形態も同じく一定の大きさを求めます。船の形は粟一粒になることも、オリンポス山の大きさになることもないでしょう。なぜなら形態が導入されたといえるのは、その形態に特有の機能が導入された時だからです。ところが海を渡って岸から岸へ人や物を運ぶ船の機能は、過剰に大きい形態にも過小に小さい形態にも見出すことができないでしょう。詩の本質も恐らくはそのようなものです。しかし私はどれくらいの大きさまで英雄詩の形状を拡大できるかではなく、いかなる大きさまでなら適切かということを考えたいと思います。それは疑いなく悲劇や喜劇の大きさを上回るはずです。そして小さな身体に優雅と愛らしさはあっても美と完璧はないように、小さい叙事詩もみやびで上品ではあるかもしれませんが、美しく完璧ではありません。というのも美と完璧には、均衡に加えて、大きさが必要になるからです。しかしこの大きさは、巨人ティテュオスの「七つの野を覆い尽くす(8)」体のような度を越したものであってはなりません。瞳が、体の適切な大きさを測る正しい裁判官であるように（なぜなら適切な大きさというものは、瞳が混乱せずに四肢の全体を見渡して、その均衡を識別できるような身体に宿るものだからですが）、人間の標準的な記憶力が、詩の適切な大きさの正しい鑑定人となります。記憶が迷ったり混乱したりすることなく、統一された全体として作品を把握しながら、どのようにある箇所と別の箇所が結びつき呼応しているか、どのように各部分が相互に、また全体に調和しているかを考えることができる、そのような詩が適切な大きさなのです。読者が作品の半ばに達するかしないうちに最初の部分を忘れてしまうような詩は疑いなくまずいものであり、そこに費やされた詩人の労力の大半が無に帰することになります。というのも、詩人が詩の主要な目的として、すべての力を尽くして探求すべきあの喜びが失われることになるからです。この探求とは、どうしたら一つの出来事から次のそれが必然的にあるいは本当らしく生まれるか、どうしたら一方と他方が離れることなく鎖をなすか、要するにどのように糸を織り上げれば自立的で、本当らしい、予期せぬ結末を生み出すことができるかを考えることです。『恋するオルランド』と『狂えるオルランド』をただ一つの作品と見なすなら、その長さはかなり膨大で、並みの記憶力が容易に理解できる範囲には収まらないように思われるでしょう。

大きさの次に来るのは、筋立てに帰せられた最後の条件である単一性です。シピオーネ殿、これこそは私たちの時代において「文学の情熱に駆られて戦いを挑む」[9]論客たちに、長きにわたる様々な論争を提供した一方の立場なのです。というのも、ある人たちはこの単一性を必要と判断しましたが、別の者らは筋の多様性こそが英雄詩にふさわしいと考えたからです。[10]「各人は偉大な審判者の力をかりて自らを擁護」[11]しました。単一性の支持者たちはアリストテレスの権威と、古代ギリシア・ラテンの詩人たちの威厳を後ろ盾にしましたし、理性から供給される武器にも欠けてはいませんでした。しかし彼らは敵方の言い分として、昨今の習慣と、淑女や騎士や宮廷の広範囲に及ぶ賛同と、真実の確かな試金石と目される経験に対峙することになりました。古代の作家たちの足跡とアリストテレスの規範を離れ、多種多様な筋を自作のなかに取り入れたアリオストは、すべての世代によって男女を問わず読み継がれ、あらゆる言語に知れ渡り、万人に好かれ称えられ、新たな名声のうちに常に若返りながら、人々の口から口へと輝かしく飛翔しています。他方、ホメロスの作品を忠実に模倣することを心がけアリストテレスの規範のうちに身を固めたトリッシノは、少数の者にしか言及されず、わずかな人たちにしか読まれておらず、ほとんど誰からも評価されず、世界という劇場のなかで沈黙したまま人々の目に触れることもなく、本屋や文人の書斎で埋もれかかっているのです。このような経験に加えて、堅固で強力な論証も敵方には欠けていません。というのも学識と才知をそなえた人たちが、本当に信じているからか、それとも自分の才能を誇示して世に認められたいがためにか、まるで専制君主のごとき（まさにそのとおりなのですが）この世間の同意にへつらいながら、言い分を堅固に補強する緻密な理屈を新たに考案したからです。私自身は彼らの学識と雄弁に最高の敬意を抱いていますし、また神聖なるアリオストは生来の才能と、たゆまぬ努力と、多彩な知識と、善と美の確かな審美眼を彼にもたらした長きに及ぶ古典作家の研究とによって、今日の詩人の誰一人として、また古代の詩人でもごくわずかしか到達できなかった英雄詩の頂点に達していると考えています。しかし私は筋の多さという点では、アリオストが規範になるべきではないと判断しているのです。叙事詩における筋の多さは、時代の習慣や、君主の命令や、貴婦人の求めや、その他の理由に罪を負わせるならば大目に見てもらえるかもしれません。しかし、だからといって褒められたものではないでしょう。

私がこういうことを述べる気になったのは、情熱に目がくらんだためでもなければ、向こう見ずに駆られたためでも、気まぐれのせいでもなくて、私の心をこのような考えに傾かせ、揺るぎない確信を抱かせるだけの力をもった、真実の、あるいは真実と思われる理由があるからです。もし絵画やその他の模倣の技術が、一つの対象から一つの模倣を生みだすことを探求しているとするのなら、またもし事物の正確かつ完璧な理解を求める哲学者が、著書に求められる主要な条件の一つとして主題の単一性を追求し、それなくしては主題が不完全になると考えているとするならば、最後に、もしこの単一性が悲劇と喜劇に必要不可欠と万人から判断されているのなら、いったいなぜ、哲学者が探求し、画家や彫刻家が追い求め、喜劇作家や、叙事詩人の友たる悲劇作家が厳守しているこの単一性が、叙事詩人によって忌避され蔑視されねばならないのでしょうか？　もしも単一性が完璧を、多様性が不完全をもたらすとするならば、そのためにピュタゴラス派の人たちは前者を善に、後者を悪に分類し、またそのために前者は形相に、後者は質料に帰せられたわけですが、もしそうだとするならば、英雄詩においても、単一性の方が多様性よりいっそう完璧な仕上がりをもたらすのではないでしょうか？　さらに加えて筋立てが詩人の目標だとするならば（アリストテレスが明言し、今まで誰も否定していないように[12]）、筋立てが一つの場合は目標も一つでしょうし、筋立てが複数で相異なる場合は、目標も複数で相異なるでしょう。ところが多数の目的からは心に不注意、作業に支障が生じるものなので、一つの目標に向かう者の方が、複数の目標を掲げる者より上手に仕事を行います。同様に一つの筋を模倣する者の方が、複数の筋を模倣する者より上手に詩作を行なうでしょう。加えて多くの筋からは不確実さが生じます。この過程は何らかの終点が技法によって設定されない限り、無限に進行するかもしれません。一つの筋を扱う詩人は、それを終えれば目標に達したことになります。これに対して複数の筋を扱う詩人は、四つでも、六つでも、十でもそれを織り上げることができるのであり、特定の数にしたがう義務がありません。したがって立ち止まるべき目標となるような、確かな規定をもちえないでしょう。最後に、筋立ては、疑いなく詩の本質をなす形相です。もし互いに異なる独立した筋が複数あるなら、複数の詩が存在することになるでしょう。ですから私たちが複数の筋からなる一つの詩と呼ぶところのものは、実際は一つの詩ではなく、多くの詩の集合体ということになりますが、それら多くの詩はそれぞれが完全か不完全かです。もし完全であるなら、それらはしかるべき大きさをもつはずであり、各々がその大きさをもつとすれば、その集合体は法学者の書物よりもはるかに大きな大伽藍となるでしょう。またもしそれらが不完全であるのなら、多くの不完全なものより一つの完璧な詩を作るほうが良いのです。詳しく述べるのは控えますが、個々独立した多数の筋立てから見てとれるように、これらの詩が多くの別々の性質をもつとするならば、それらの詩の一部と一部を入れ替え混ぜ合わせたものは混乱を呈するばかりか、(13)ダンテが描き出した獣のような、怪物じみた相貌を帯びることになります。

蔦もこれほどまでに木々に密着したことは
かつてなかった、この恐ろしい獣が、
おのれの四肢を人の体にからみつけたほどには。(14)

いま私は多くの筋からなる詩は多数の詩になると言い、先ほどは『恋するオルランド』と『狂えるオルランド』が一つの詩だと述べましたが、だからといって私の意見に矛盾があるとは思わないでください。というのも、ここでは一つという言葉を本来の意味にしたがって厳密に用いていますが、先ほどは一般的な意味で、つまり一つの詩、複数の筋からなる一つの作品くらいの意味でその言葉を使ったからです。いわば一物語というようなものなのです。恐らくアリストテレスはこういった理由や、あるいは彼には見えていたが私にはいま思い出せないその他の理由に動かされて、詩の筋立ては一つであるべきと明言したのです。ホラーティウスもこの規定を良きものとして『詩論』に取り入れました。彼はそこでこう述べています。「扱う事柄は、単純にして一たるように」[15]。この規定に対してさまざまな人がさまざまな理由から異論を唱え、騎士物語と呼ばれる英雄詩から、筋の単一性を不要であるばかりか有害だとして排除しました。しかし私は彼らがこの問題にかんして述べたことに逐一言及したいとは思いません。なぜなら何人かの批判者の意見には、軽率で子供じみたところ、返答に価しない言葉が読まれるからです。私はもっともらしい装いでこの見解を支持する言い分だけをここに紹介します。それは結局、次の四つに集約されます。

騎士物語は（『狂えるオルランド』のような作品を彼らはこう呼んでいますが）、叙事詩とは異なる詩の種類、アリストテレスが知らなかったジャンルに他ならない、したがってアリストテレスが叙事詩に対して課した規則にはしたがわなくてもよい。アリストテレスは筋の単一性が叙事詩に必要と述べているが、騎士物語にそれが適していると述べたわけではない。なぜなら、この詩はそもそも彼の知るところではなかったからである。これに加えて批判者たちは、次のような二つ目の理由を持ちだしています。各言語は、他の言語にはそぐわない固有の特徴を自然から授かっている。ラテン語で言われると味も素っ気もないのに、ギリシア語になると驚くべき優美と力を帯びる事柄がいかにたくさんあることか、またラテン語では強い力と効果をもつのに、トスカーナ語になると響きが悪くなる事柄がいかにたくさんあることか、こういったことをつぶさに考えてみればこれは明らかだろう。ところでイタリア語にそなわる特性の一つが、これ、すなわち多様性である。ギリシアやラテンの詩人に筋の多様性がなじまないように、トスカーナの詩人には筋の単一性が適さないのである。これらに加えて、さらに次の理由が言われています。習慣によって称えられている詩は、それだけ良いものである。この習慣の権威と力は他のものに対してと同様に詩にも及んでいる。これについてはホラーティウスが次のように証言している。

言葉の法と規則は、習慣の手中にある。(16)

ところで騎士物語と呼ばれる詩のタイプは、今日の習慣によって叙事詩以上に称えられている。

したがってより優れていると判断されるべきである。最後に批判者たちはこう結論しています。目的を上手に達成した詩は、それだけ完成度が高い。しかしその目的は叙事詩よりも騎士物語によって、すなわち単一の筋よりも多数の筋によって、いっそう上手にかついっそう容易に成し遂げられている、したがって騎士物語は叙事詩よりも上位に置かれるべきである。しかし騎士物語の方が上手に詩の目的を達成していることは誰の目にも明らかなのでほとんど証明の必要がない。というのも詩の目的とは喜びを与えることだが[17]、経験が教えるとおり、一つの筋より多くの筋からなる詩の方がいっそう大きな喜びをもたらすからである。

以上が、騎士物語の筋の多様性を適切と判断する人たちの論拠です。確かに揺るぎない堅固な言い分ですが、理性という攻城機で攻略できないほどではありません（私が想定するように、たとえ敵側にも理性の援護があるにせよ）。これらの論拠に対して、私は自分の道理を信じつつ、貧弱ではありますがこの才知を倦まず駆使することにいたします。

一つ目の論拠を見てみましょう。そこで言われていたのは、騎士物語は叙事詩とは異なるジャンルであり、アリストテレスには知られていなかった、したがって彼が叙事詩に課した規則にしたがう必要はないということでした。騎士物語が叙事詩とは異なるジャンルであるのなら、何らかの本質的な相違によって区別されるはずです。なぜなら副次的な相違がジャンルの相違を生み出すことはありえないからです。しかし、騎士物語と叙事詩の間にはジャンルに関わるいかなる違いもないので、両者の間にジャンルの違いがないことは明らかです。両者の間に本質的な違いがないことは誰にでも簡単にわかります。詩における本質的な差異は三つのみであり、あたかも泉のように、そこから様々に異なる詩が生まれています。それら三つの差異とは、前章で述べたとおり、模倣される事柄、模倣の方法、模倣に使われる道具の違いです。叙事詩人、悲劇詩人、バッカス賛歌の詩人、アウロス奏者、キタラー奏者は、ただこれらの違いによって相異なるものとなります。(18) もし騎士物語と叙事詩の間に何らかのジャンルの違いがあるとすれば、それはこれらの相違から生じているはずです。しかし騎士物語と叙事詩は同じ行為を、同じ方法で、同じ道具によって模倣しています。したがって両者は同じジャンルに帰属します。騎士物語と叙事詩はともに同じ行為、つまり名高い行いを模倣します。両者の間には叙事詩と悲劇の間にも共通する、ひろい意味での有名な行いを模倣するという類似性があるだけでなく、まったく同じ行為を模倣するというより緊密で特殊な類似性があります。同じ名高いでも、叙事詩のそれは恐れと哀れみを生みだす大事件ではなく、英雄たちの高潔で勇敢な行為の名高さであり、良くもなければ悪くもない中間の人間によってではなく、最高に傑出した人物によってなされた偉業の名高さなのです。まったく同一の行為を模倣しているというこの類似性は、われらが騎士物語とギリシア・ラテンの叙事詩の間にはっきり認められます。また騎士物語と叙事詩は、模倣の方法も同じです。どちらも詩人という語り手が現れます。出来事は上演されるのではなく、語られます。悲劇や喜劇のように舞台と役者の演技を目的としているのではありません。模倣の道具も同じです。どちらも詩句だけを使い、悲劇と喜劇に属する、役者のリズムや音楽は使いません。

したがって模倣される行為、模倣の道具、方法の一致から、叙事詩と呼ばれるジャンルと騎士物語と呼ばれるジャンルは同一という結論になります。この騎士物語という名称がどこから出てきたかについては意見がさまざまですが、ここで取り上げる必要はありません。いずれにせよ、副次的な違いから異なる名称で呼ばれている詩が、同じ一つのジャンルに属したとしてもおかしなことではありません。例えば喜劇のなかには、性格喜劇と呼ばれるものや、……(19)、兵士のマントや市民のトガから名前を取ったものなど多くの種類がありますが、それらはすべて、単一性のような、喜劇の本質をなす指針と規則にしたがっています。したがって騎士物語と叙事詩が同じジャンルに属すのなら、どちらも同じ規則に服すはずです。英雄詩だけでなくすべての詩に絶対に必要な規則となればなおさらです。筋の単一性とはそのようなものであり、アリストテレスはこの規則をあらゆる種類の詩に、悲劇や喜劇だけでなく、叙事詩にも求めています。ですからアリストテレスの考えにしたがえば、たとえ世間で言われていること、つまり騎士物語は叙事詩とは違うという意見が本当だとしても、騎士物語に筋の単一性は要らないということにはならないでしょう。しかしそれが本当でないことは十分に証明されたと私には思われます。批判者たちは騎士物語が叙事詩とは異なるジャンルであることを欲したわけですから、詩の相違を規定するにあたってアリストテレスに不備と欠陥があったことを証明するべきでした。体を鍛錬するという点では乗馬もレスリングも、あるいは剣術の修練も副次的な違いに過ぎませんが、考えてみれば、騎士物語と叙事詩の間にジャンルの違いを生み出すかに見える違いはそれ以上に副次的なものなのです。騎士物語の主題はフィクションであり、叙事詩のそれは歴史から取られるという違いもそのようなものに過ぎません。これがジャンルの違いを生み出すというのなら、この相違が見られる詩はすべて別ジャンルとなるでしょう。したがってアガトンの『アンテウス』とソフォクレスの『エディプス王』は異なるジャンルになるでしょう。要するにフィクションを主題にした悲劇は、歴史から主題をとった悲劇とは異なる結果になるでしょう。そして彼らの言い分にしたがえば、主題がフィクションの悲劇は、史実を主題とした悲劇が順守するあれらの規定にしたがう必要がないということになるでしょう。したがって、その悲劇には筋立ての単一性は不要になるでしょうし、恐怖や哀れみの喚起も目的ではなくなるでしょう。しかしこれは、疑いなく不適切です。したがって主題がフィクションか事実かによってジャンルの違いが生じるという考えも不適切でしょう。

反対者たちが持ちだすその他の違いも同様の内容ですので、同様の論拠で反駁することができます。それにしても騎士物語はアリストテレスの知らないジャンルだったと多くの人が信じ込んでしまいましたので、私としては次のことを言わずにはいられません。すなわち、アリストテレスはその鋭い知性によって、神と自然が世界というこの壮大な建造物のなかにまとめたすべての事柄を十の項目に整理し[20]、またその知性によって多くのさまざまな三段論法を少数の形式に還元しながら、簡潔にして完璧な技術[21]を作り上げました。その結果、誰もが共有している自明の部分を除けば古代の哲学者たちに知られていなかったその技術は、彼によって初めてその原理と最終的な完成の形を見たのです。そのアリストテレスが、まさにそのような鋭敏な知性をもってしても究明しえなかったような詩のジャンルは、今日には流布していませんし、古代にもありませんでしたし、また今後数世紀の長きにわたっても出現することはないでしょう。アリストテレスは、詩の本質が模倣に他ならないことを見抜きました。その結果、詩のジャンルの相違は、模倣に関するいくつかの違いからのみ生じること、またこの相違はたった三つの形で現れるに過ぎないことを看破しました。すなわち、模倣する事柄、方法、道具の三つです。ここから彼は詩の本質的な違いがどれだけ存在するかを見抜き、その違いを把握した結果、詩の種類がどれだけ存在するかも看破しました。というのも、ジャンルを構成する相違が特定されれば、ジャンルもおのずと特定されるはずであり、それは相違の結合（あるいは、組み合わせ）のパターンと同じ数だけしか存在しえないからです。

二つ目の言い分は、各言語にはそれぞれ独自の特性があり、筋の単一性がラテンやギリシアの詩の特色であるように、多様性がトスカーナの詩の特色となっている、というものでした。私は各言語に固有の特徴があることを否定しません。なぜなら言語には、別の言語に置き換えることができないような特殊な表現があるからです。ギリシア語は細々したものを表現するのに適しています。ラテン語はこういった表現には不向きですが、偉大や威厳を表わすことができます。私たちのトスカーナ語[22]は、戦さの描写に際してはラテン語やギリシア語のような音の響きで耳を満たすことはできませんが、愛の情熱を描くに当たっては、より甘美な調べを聴かせることができます。ある言語に固有の特徴として語句や成句が挙げられますが、いま話題にしているのは言葉ではなく筋立てなので、私たちの主題とは関係ありません。言語に固有な特徴としてさらに題材が挙げられるかもしれません。これはラテン語の戦さやトスカーナ語の愛のように、他の言語よりも上手に扱うことのできるテーマのことです。しかし明らかなことですが、もしトスカーナ語が多くの恋の成り行きを描くのに適しているのなら、それは一つの恋を描き出すのにも適しているでしょう。またもしラテン語が一つの戦さの成り行きを語るのに向いているのなら、それは多くの戦さを語るのにも向いているでしょう。ですから私自身は、筋の単一性がラテンの詩の、多様性が俗語詩の特徴となる理由を理解できません。恐らくそれについてはいかなる説明も提示できないでしょう。いかなる理由でラテン語には戦さのテーマがふさわしく、トスカーナ語には愛のテーマがふさわしいと見なされているのかと、もし私が訊ねられたとしたら、ラテン語においては子音の多さとヘクサメトロス[23]の長さが武具の響きや戦闘を表現するのに向いているために、またトスカーナ語においては母音の響きと押韻のハーモニーがなごやかな恋情を描くのに適しているためにそういうことが起きると言われている、と答えましょう。しかしだからと言って、卓越した詩人の手腕をもってしてもトスカーナ語では戦さが、ラテン語では恋がうまく表現できないというほどに、これらの題材がそれぞれの言語に特有というわけではないのです。したがって結論を申しますと、各言語に固有の特性があるにせよ、筋の多様性が俗語詩の、単一性がラテンとギリシアの詩の特徴だと言うのは理屈に合いません。

習慣によって認められている詩はそれだけ優れている、それゆえ騎士物語は叙事詩よりも優れている、なぜなら習慣によっていっそう認められているからである、という理屈に対しても答えを返すのはそれほど難しくありません。私はこの言い分に反論したいわけですから、より根本的な原理から自分の議論を導き出して、真実をさらに深くはっきりと理解できるようにしなければなりません。

それ自体は良くもなければ悪くもないが、習慣に依拠しつつ、習慣が定めるところにしたがって良くなったり悪くなったりすることがあります。服装はそういうものであり、習慣に受け入れられているものほど賞賛に値します。言葉もまたそういうものです。だから適切にも、次のような返事が返されたのでした。「昔の人たちが生きたように生きなさい、また今日の人が語るように話しなさい」[24]。ここから、かつては選り抜きの奇語だったものが、今では人々の口で使い古され、平凡で、卑俗で、庶民的な言葉に変わってしまったという事態が生じてきます。また逆に、以前は野蛮で見苦しいと忌避されていた言葉が、今では市民にふさわしい優雅なものとして受け入れられているという事態が生じてきます。自由気ままに支配を行う習慣の望むがままに、多くの言葉が古びて死に絶え、また多くの言葉が誕生し、この先も生まれでてくることでしょう。この言葉の移ろいを、ホラーティウスは木の葉の比喩で見事に表現しました。

年が進むたびに森が木の葉を替え、古い葉がまっさきに落ちるように、古い時代の言葉は死んで、生まれたばかりの言葉が若者のように花咲き育つ[25]。

さらに付け加えて、

習慣の望むがままに、すでに死んだ多くの言葉がよみがえり、いま称賛されている多くの言葉が死に絶える。言葉の主権と法と規則は、習慣の手中にあるからだ[26]。

このような理由からアリストテレス学派の人たちは、若干の哲学者たちが信じたところとは反対に、言葉というものは自然によって作り出されたものではなく、本質的にあることを別のこと以上によく表すわけでもなく（もしそうだとすれば、習慣には依拠しないでしょうから）、人間の作り上げたものであり、それ自体では何も示さず、ある時はこの概念ある時は別の概念を、人々が望むままに表現していると結論しました。ですから言葉はみずからに固有の自然な美醜をもたず、習慣が判断するのに応じて美しく見えたり醜く見えたりするに過ぎません。習慣は非常に変わりやすいために、それに依拠するものもみな必然的に移ろいやすいのです。結局のところ、衣服や言葉だけでなく、一般の名称で習慣と呼ばれているものはすべてそうです。これらはその名が示すとおり、習わしにしたがって非難と賞賛を割り振られます。そして人物の品位を巡ってホメロスに対してなされた批判の多くもこの考察に従うことになります。何人かが述べているように、現代の人物の品位はホメロスには知られていませんでした。

これに対して、その本質として確定的にそうであること、つまりそれ自体で善あるいは悪であり、習慣の命令と支配を受けない事柄が存在します。この種のものに悪徳と美徳があります。悪徳はそれ自体悪いもの、美徳はそれ自体良いものであり、美徳に基づく行いは賞賛に、悪徳に基づくそれは非難に、それ自体で値します。それ自体がそういう性質であるものは、たとえ世界と習慣が変わっても、つねにそういう性質でありつづけるでしょう。サムニウム族からの黄金を固辞した者や、「死んだ父親を縛めから解き放ち、かわりに生きている自分を縛りつけた[27]」者がかつて称賛に値したとすれば、彼らの善行は、幾世紀が過ぎても、決して非難されたりしないでしょう。自然の業もこの種のものであり、かつてすばらしかったものは、習慣の変化にかかわらず、つねにすばらしいという結果になるでしょう。自然はその作用がきわめて安定しており、永遠に変わることのない確かな歩みで（物質がもつ欠陥と不定性のために時々変化が生じることを除けば）進んでいます。なぜなら自然は、誤ることのない光と導き手に指揮されて、善なるもの、完全なるものをつねに目指しているからです。そして善と完全が不変であるなら、自然の作用の仕方もつねに不変であるはずです。美とは自然の産物であり、それは適度な大きさと優美な色合いをともなった四肢のバランスのうちに宿ります。かつてそれ自体として美しかったこれらの条件は、常に美しいでしょうし、習慣がそれらを違った風に見せることもないでしょう。逆に、こうした性質が大半の人々に見られる国において、習慣が尖った頭や膨れた咽喉を美しいと思わせることもありません。しかし自然の産物がそのような性質であるのなら、媒介なしにじかに自然を模倣する技術の産物もそのような性質であるはずです。先の例に則してみると、四肢の均衡がそれ自体で美しいものであるなら、画家や彫刻家によって模倣された同じ均衡もそれ自体で美しいでしょう。そして自然が称賛に値するなら、自然に依拠する技術もつねに称賛に値するでしょう。時の災禍を逃れて私たちのもとに伝わったプラクシテレスやフィディアスの彫像が、古代の人々に美しく見えたのと同様に今日の私たちにも美しく見えるということがここから生じてくるのです。幾世紀に及ぶ時間の流れも、多くの習慣の変容も、これらの彫像の品位を損なうことはありませんでした。

このように整理がすみましたので、習慣が認める詩はそれだけ優れているという言い分に対してもいまや容易に返事を返すことができます。というのも、あらゆる詩は、言葉と物から構成されているからです。言葉については（私たちの議論にまったく関係ありませんので）習慣によって称えられているものほどすばらしいと認めなければなりません。というのも言葉そのものは美しくもなければ醜くもなく、習慣が感じさせるとおりに感じられるものだからです。

ここから、かつてエンツォ王[28]やいにしえの吟遊詩人が好んだ言葉の響きが、今日の私たちの耳には何か不快に聞こえるという事態が生じてきます。物については、武具の使い方、旅の仕方、供犠や宴の儀式、祭式、人物の品位や格式など、習慣に依拠するものはすべて、今日の世界を支配する習慣の望むとおりに変えなければなりません。ですから王の娘がお付きの少女らと連れだって川へ洗濯に行くというのは、今日の格式からすると不適切でしょう。しかしホメロスが描いたナウシカアのこの振る舞いは[29]、当時においては不適切ではありませんでした。馬上槍試合のかわりに馬に引かせた戦車で戦うというのも同様です。類例は他にも多数ありますが、話を短くするためにここでは省略いたします。したがって、習慣の変化のせいで今では称賛に値しなくなったことまでホメロスを模倣したトリッシノは、この点で分別がありませんでした。これに対して、自然に直接根ざすもの、それ自体として賞賛に値する良いものは、習慣とは無縁であり、習慣の専制政治もこれらのものには及びません。筋立ての単一性とは、そのようなものです。それは、それ本来の善と完全性を詩に付与してくれます。過去と未来いつの世紀もそうであったし、そうありつづけることでしょう。習性もまたそのようなものですが、ただしそれは一般に習慣の名で呼ばれているものではなく、自然のなかに根をはったものに限られます。それについてはホラーティウスが言及しています。

すでに言葉を話すことができ、しっかり地面を歩む子供は、同じような仲間と遊びたくてうずうずし、気まぐれに怒ったかと思えば静かになって、時間とともに気分を変える(30)。

アリストテレスの『弁論術』第二巻はほぼすべてこのような習性を論じることに費やされています。幼児、老人、金持ち、権力者、貧者、平民の習性として、一世紀のあいだ当てはまったことは、いかなる時代にも当てはまるものです。そうでなければアリストテレスが論じることもなかったでしょう。というのも彼は技法に服すことだけを議論すると述べていますが、技法とは確かなもの、定まったものなので、気まぐれな習慣に支配されて様々に変化するような事柄を、自らの規則に受け入れることはできないからです。同様に、もしアリストテレスが筋立ての単一性をあらゆる時代に必要な条件と見なしていなかったなら、これを論じることもなかったでしょう。しかし一部の者たちは新たな習慣のうえに新奇な技法を築こうとして、技法の本質を台無しにしてしまい、同時に習慣の本質を理解していないことを露呈しています。

シピオーネ殿、これが大事な違いなのです。この点を理解しなければ、古代の叙事詩人と今日の騎士物語作家、どちらの作品を真似るべきかと訊ねる人に答えを返すことはできません。というのも私たちはあることは古代の詩人に、別のことは今日の詩人に倣うべきだからです。事物の本質ではなく見せかけに目を奪われている俗衆はこの相違を十分に理解していないために、一つの筋からなる詩のなかに、時代にあった習慣や優美な創意の産物をたまたま見いだせなかったというだけで、筋立ての単一性そのものまで非難に値すると信じています。また博識な人の一部も、この相違を理解していないがために、騎士物語の冒険や、騎士道の楽しみや、今日の習慣に適った品位を捨て去って、古代の詩から筋立ての単一性と一緒に、私たちになじまないものまで取り入れてしまうのです。この違いを理解して上手に活用すれば、一方で、騎士物語をかくも楽しいものにしている優美な創意とともに習慣にあった品位を取り入れて、他方で、筋立ての単一性とともに、ホメロスやウェルギリウスの叙事詩に見られる堅固なまとまりと本当らしさを取りこんで、詩作法の規則を守りつつ、俗衆ばかりか学のある人たちをも楽しませることができるでしょう。

残りは最後の言い分です。これは、詩の目的は喜びであり、この目的をうまく達成している詩ほど優れたものである、ところで経験が教えるとおり、騎士物語は叙事詩よりも上手にこの目的を達成している、というものでした。私は、多くの人から否定されるでしょうが私自身は真実と見なしていること、つまり詩の目的は喜びにあるという見解を認めます。また経験が私たちに示していること、つまり『狂えるオルランド』は、『ゴート族からのイタリア解放』や『イリアス』『オデュッセイア』よりも大きな喜びをもたらしているという点も認めます。しかし、私たちの議論において大事なこと、つまり一つの筋よりも多数の筋の方が喜びを与えるのに適しているという考えまで認めるつもりはありません。多数の筋を含んだ『狂えるオルランド』が、一つの筋しか含まない『ゴート族からのイタリア解放』やホメロスの叙事詩よりも大きな喜びを与えているにせよ、それは筋の多さや単一性のためではなく、私たちの議論に何ら関係のない二つの理由から生じることなのです。一つは、『狂えるオルランド』には、愛、騎士道、冒険、魔法、要するに詩人の創意が、トリッシノのそれよりもいっそう優雅に、いっそう耳に心地よく描きだされているためです。このような創意は単一の筋より多数の筋に特徴的というものではなく、双方のうちに同じように見られます。もう一つの理由は、『狂えるオルランド』が習慣の適切さと登場人物の品位の点でいっそう優れているからです。これらの理由は筋の多様性と単一性に対して副次的であり、前者にのみ当てはまり後者には適合しないというものではありませんので、これをもとに多様性が単一性より大きな喜びをもたらすと結論することはできません。しかし、人間というものは相異なる複数の性質から構成されており、いつも同じことを楽しむのではなく、ある時はこの部分またある時は別の部分を違うものによって満足させようとするものです。ここから先述の言い分よりはるかに適切な、唯一の理由を考えることができます。それが多彩さです。これは本質において極めて楽しいものであり、一つよりも多数の筋立てにはるかに多く見出されるでしょう。私は多彩さが喜びをもたらすことを否定しません。というのも、それを否定すれば感覚の経験に矛盾するでしょうし、また私たちはそれ自体不愉快なものが多彩さによって楽しいものに変わること、荒れ野の眺めや荒涼とした山並みが、心地よい湖や庭園を配した後では好ましいものに変わることを知っているからです。多彩さは混沌に陥らない限りにおいて称賛に値し、またこの範囲において、単一の筋立ても多数の筋立てにみられるような多彩さを受け入れることができます。この多彩さが一つの筋からなる作品にそれほど見出されないとすれば、それは技法の欠陥というよりも作者の未熟のせいと考えるべきです。彼らは自分の力不足を正当化するために、自身の罪を技法に押し付けているのです。

　ホメロスやウェルギリウスの時代には、人々の嗜好はこれほど軟弱ではありませんでしたので、多彩さもおそらくそれほど必要とされてはいませんでした。多彩さはホメロスよりもウェルギリウスに多く見られますが、いずれにせよ人々はさほどそれにこだわってはいませんでした。それが今日では必要不可欠なものになりましたので、トリッシノもこの繊細な嗜好に嫌われたくなかったなら、多彩な風味で自作の味を調えるべきでした。彼はこれを導入しようとしなかったのですから、その必要性を分かっていなかったか、あるいは不可能なことだとあきらめていたのです。私自身はこれを英雄詩に必要と見なしていますし、またこれを取り入れることができると考えています。というのも、世界と呼ばれるこの驚くべき神の建造物のなかには、多彩な星を散りばめた空が見え、また上から下へさがっていくと、鳥たちが群がる空があり、魚があふれる海があり、また獰猛なものやら温和なものやらさまざまな動物が暮らす大地があり、その大地には小川や泉や湖、草原や畑や森や山が見られ、ここには果物と花々が、あそこには氷と雪があり、またこちらには住居と農地が、あちらには砂漠と荒れ地が見られるのですが、にもかかわらず、かくも多種多様なものをふところに抱いたこの世界は一つであり、その形相、その本質もまた一つ、不和の調和によって各部分を結び合わせている絆も一つだからです。この世界には何一つ欠けていません。それでいて余計なもの、不要なものは一つとしてありません。優れた詩人の創る作品も、これと同じだと私は考えます（詩人が神聖と言われるのは、彼がこの仕事において創造主に類似しており、その神性を分かちもつために他なりません）。その作品には、あたかも一つの小世界のように、こちらには整列した軍勢、陸と海の合戦、街の攻囲、つば競り合いと決闘、馬上槍試合が、またあちらには飢えと渇きの描写、嵐、大火、奇跡が読まれます。またこちらには天上と地獄の御前会議があり、あちらには誘惑、仲たがい、放浪、冒険、魔法、残忍な行いや勇敢な行動、みやびな振る舞いや寛大な行為、また幸福な、あるいは不幸な恋の成り行きや、微笑ましい、あるいは哀れを誘う愛の成り行きが見られます。しかし、このように多彩な題材を含んでいてもその詩は一つ、その形態、その筋立てもまた一つであり、これらすべての事柄は互いに係わり合い、互いに照応し、互いが必然的にあるいは本当らしく連なって全体を構成しているために、どれか一つを取ったり移したりしただけで、すべてが瓦解してしまうのです(31)。

このようにして作り出される多彩さは、困難を伴えば伴うほど称賛に値するでしょう。多数のばらばらな筋のなかに偶発的に多彩さを生み出すのは、何の努力も要らない、ごく簡単なことです。しかし同じだけの多彩さを一つの筋のなかに作り出すのは、「これは骨折り、これは大仕事[32]」なのです。多数の筋から自然に発生する前者の多彩には詩人の技術も才能もまったく認められません。それは学識のある人も無い人も同じように作ることができます。これに対して後者の多彩は詩人の技法に全面的に依拠しています。それは優れた詩人の特質として彼だけに見いだせるものであり、凡庸な才能では決して実現できません。要するに前者の多彩は混沌として明晰さを欠いている分、楽しみを与えることが少ないでしょう。後者の多彩は各部分のつながりと秩序によってより明瞭で整然としており、より多くの斬新さと驚きをもたらすでしょう。したがって詩の筋立てと形態は一つでなければなりません。すべての詩においてそうであるように、英雄や遍歴の騎士たちの愛と戦いを描く、一般に英雄詩と呼ばれる詩においてもそうでなければなりません。しかし一つの形態と言っても複数のあり方が存在します。四大〔土、水、空気、火〕の形相も一つと言われますが、その形相はこのうえなく単純であり、単純な力、単純な作用を伴います。同じように植物や動物の形相も一つと言われますが、これは四大の形相が集まって互いに緩衝し変化した結果、それぞれの力と性質を分有しつつ、混合的・複合的になった形相です。同様に詩にも単純な形態と複合的な形態があります。単純というのは、幸福から不幸への、あるいはその逆の、運命の転換や身元の判明を含まない筋のことです[33]。複合的というのは身元の判明や運命の転換を含む筋のことです。叙事詩の筋立てについては、このような仕方だけでなくもう一つ別の仕方においても複合的となりえます。それはより大きな混成をもたらすものです。

しかしこれらの用語がよく分かるように、また問題がより平易になるように、さらに詳しくこの点を論じてみましょう。筋立ては（アリストテレスを信じるなら）、模倣された出来事の連なり、組み合わせです。この筋立ては詩の性質を左右する主要部分であると同時に、それ自身も詩の性質にかかわる三つの部分を備えています。すなわち、運命の変化と呼ばれる「逆転」、認知と言われる「身元判明」、それにトスカーナ人の間でもその名でとおっている「苦難」です[34]。筋立てにおける運命の変化は、エディプス王の物語のように、登場人物が幸から不幸へ落ちる場合、あるいはエレクトラのように不幸から幸福へ上がる場合に見られます。認知は、その名が示すとおり、未知から既知への移行です。これにはオデュッセウスの認知のように一人だけに起こるものと、イーピゲネイアとオレステスの間のそれのように相互的なものがあります。この相互的な認知は、双方の幸福、あるいは不幸の原因となります。「苦難」は痛ましい筋、苦しみに満ちた筋です。死や、責め苦や、負傷や、登場人物に叫びと泣き声をあげさせる類似の出来事が描きだされている筋です。この例としては『イリアス』の最後の巻が挙げられるでしょう。そこではプリアモス、ヘクバ、アンドロマケが、悲哀に満ちた尽きせぬ嘆きで、ヘクトルの死を悼みます。

以上の様態に基づいてみると、運命の変化と認知を伴わず、同じ調子で進みながら、そのまま結末へと導かれる筋は、単純だと言えるでしょう。運命の変化と認知を含むもの、あるいは少なくとも前者を含むものは、二重の筋立てとなります。同様に、筋立ての第三の要素である苦難を含むものは、悲壮な、情を動かす筋と言われます。逆にこの苦難を伴わず、品行の描写に力を注ぎながら、心を動かすよりも教えることによって読者を喜ばせる筋は道徳的と言われます。したがって筋立ての種類、いわばタイプは四つあります[35]。単純なもの、複合的なもの、情を動かすもの、道徳的なものです。『イリアス』は単純で情を動かし、『オデュッセイア』は複合的かつ道徳的です。これらすべてのタイプに単一性が求められますが、単純な筋立ての単一性は単純な単一に、複合的な筋の単一性は複合的な単一になります。しかし英雄詩の筋立てはもう一つ別の仕方でも複合的になりえます。その筋立ては、たとえ認知や運命の逆転を含まなくても、様々な性質の出来事、つまり戦さや、愛や、魔法や、冒険、恐怖と憐れみを喚起する不幸な出来事や、歓びと楽しみをもたらす幸福な出来事などを含むなら、複合的と言われます。このような多様な性質からその筋立ては混成的となるのです。しかしこの混成的な筋立ては、先に挙げた複合的な筋とは大きく異なるものであり、単純な筋立て、つまり運命の変化や認知を含まない筋にも見出すことができます。

アリストテレスが、悲劇と叙事詩、どちらが品位において勝っているかを論じつつ、悲劇の筋立ては叙事詩のそれよりもはるかに単純である、その証拠にたった一つの叙事詩から多くの悲劇の主題を取りだすことができると述べた時、[36]彼が意図していたのはこの二つ目の混成形態でした。悲劇においては、この複合形は、逆転と身元判明から生じるもう一方の複合形が称賛に値するのと同じくらい非難に値します。このため、たとえ悲劇が予期せぬ仕方で不意に生じる状況の変化を好むにせよ、悲劇はその状況が単純、一律であることを求め、エピソードが多くなるのを嫌います。私の考えでは、悲劇において非難されるこの複合形こそが叙事詩においては絶賛に値し、認知や運命の変化から生じるもう一方よりもはるかに必要とされているのです。そしてこのために多くの多彩なエピソードが叙事詩人によって追求されているのです。アリストテレスが挿話的な筋立てを非難しているにせよ、その非難は悲劇だけに向けられているか、あるいは挿話的な筋立てという言葉によって、多くのさまざまなエピソードを含む筋ではなく、それらがありそうもない形で挿入されていたり、メインプロットに対してあるいは相互の間でうまく結びついていないような筋、要するにエピソードがプロットの主要な目的に何ら寄与せず無駄になっている筋を指しているのです。というのも、エピソードの多彩さは筋立ての単一性を損なわない限りにおいて、またそこに混乱を生じさせない限りにおいて称賛されるものだからです。私がいま話しているのは混成的な単一性のことであり、英雄詩には馴染まない単純かつ一律な単一性のことではありません。

しかし議論の順序にしたがって、また論旨の要請にこたえて、次の巻では当節の騎士物語の冒険に耳を慣らした読者がかくも待ち望む、かくも楽しい多彩さを、詩人がいかなる技法によって単一な筋立てのなかに導入するかを論じてみましょう[37]。

第三巻⑴

語法について論じようとするならば、結果として文体を論じることになるでしょう。というのも、語法とは言葉を組み合わせることに他なりませんが、その言葉は常に着想《コンチエッテイ》の性質に従うものであり、着想の像、その模倣物に他なりません。したがって文体が着想と言葉から成るものであるとすれば、語法を論じるということは必然的に文体を論じることになるのです。

文体の型は三つあります。壮麗または崇高、中庸、卑近です。このうち最初の型が、二つの理由から英雄詩にふさわしいものとなります。第一に、叙事詩が取り上げる気高い行為は、気高い文体で描き出されるべきだからです。第二に、各部分は全体が目指す目標のためにはたらくものだからです。ところで文体は叙事詩の一部をなしています。したがってその文体は叙事詩全体が掲げる目標のためにはたらきますが、すでに述べたとおり、叙事詩は気高く壮麗な行為から生まれる驚きを目標としています。

したがって、壮麗が、叙事詩にふさわしい固有の文体となります。私が固有と言いましたのは、ウェルギリウスの作品を注意深く見れば分かるとおり、作品の場面と必要性に応じてそれ以外の文体を使うことがあるにせよ、これこそが支配的な特徴だからです。ちょうど四大から構成されている私たちの身体にあっても、土の要素が多くを占めているのと同じです。トリッシノの文体は卑近な特徴が全体を支配しているために、卑近と言えるでしょう。アリオストのそれは同様の理由から中庸と言えるでしょう。あらゆる美徳は、自分によく似た悪徳、しばしば徳と間違われる悪徳と隣り合っているものですが、それと同じく文体のそれぞれの型も短所と背中あわせであり、うっかりしてその罠にはまることのないよう気をつけなければなりません。(2) 壮麗は尊大、穏和は柔弱や無味、卑近は下賤や低俗に隣接しています。英雄詩における壮麗、穏和、卑近は、他の詩における壮麗、穏和、卑近と同じではありません。むしろ英雄詩とその他の詩がジャンルにおいて異なるのと同様に、英雄詩におけるそれらの文体も他のジャンルのものとは異なっているのです。したがって、英雄詩にも卑近な文体が求められることがあるにせよ、だからと言って、喜劇に特有の卑近さが英雄詩にふさわしくなることはないでしょう。このような例はアリオストの次の一節に見られます。

実のところ、彼はそのご馳走〔＝美しい姫〕を欲しくてたまらず、
……
他人にやるため、おのれの口からそれを取りだすなんて
間抜けな親切と考えた(3)。

また次の詩行にも、

確かにそのとおり。それは明々白々たる愚行、
木偶の坊にこそ相応しい、
……

郭公みたいに羽をすぼめ
この美女とただ話をするに留まるは。(4)

前者は実際、あまりにも庶民的な語り口であり、後者は英雄詩にふさわしからぬ破廉恥な行為が描かれているために喜劇に特有の卑しさに傾いています。次の詩行も同様です。

彼は、空飛ぶ馬の羽をたたませる、
けれども広げてしまった欲望の羽はたためない。
馬から下りるや、ちがうものに跨りたくて
矢も盾もたまらない。(5)

叙事詩と抒情詩の間には、叙事詩と喜劇の場合に比べてより多くの類似性がありますが、それにしても次の詩行は抒情詩の中庸にあまりに傾きすぎています。

あの少女は、バラの花にそっくりだ、云々。(6)

英雄詩の文体は、悲劇の簡潔な重さと抒情詩の華やかな美しさの中間に位置しますが、並はずれた威厳の輝きで双方を凌駕しています。その威厳は前者ほど簡素ではなく、後者ほど華やかでもありません。しかし叙事詩人が、輝きわたる壮麗さという本分から外に出て、ある時は悲劇の簡潔さに（これはしばしば起こることです）、またある時は抒情詩の気取りに（これはそれほど起こりませんが）文体を傾けたとしても、以下に論じるとおり、それは決して不適切なことではありません。

悲劇も有名な出来事や高貴な人々を描きますが、その文体は二つの理由から、叙事詩の文体に比べて簡素であり、またそれほどには壮麗でないはずです。理由の一つは、悲劇が叙事詩よりもはるかに情緒的な題材を扱っているためです。感情が求めるのは、混じり気のない単純な着想と、率直な語法です。というのも、苦悩や、恐れや、哀れみや、その他の似たような心の揺れに支配されている者は、そんな風に話すのが本当らしいからです。また文体の過剰な輝きと装飾は、感情をぼかすばかりかそれを損ない消してしまうからです。もう一つの理由は、悲劇においては、詩人ではなく舞台のうえで動きふるまう俳優たちが語るからです。模倣がより本当らしくなるように、これらの俳優たちには、普段の話しぶりによく似た語り口を与えなければなりません。逆に詩人が自ら語る場合には神的狂気に取り憑かれ、神性に満たされた者のごとく、普段の言葉遣いを乗り越えて、別の精神で考え別の言葉で語ることが許されるのです。

次に抒情詩の文体は、英雄詩ほど壮麗ではありませんが、より華やかで装飾豊かであるはずです。その華やかな語り口は（修辞学者が明言するように）中庸の文体に特有のものです。抒情詩の文体は華やかであるべきですが、その理由は詩人本人が頻繁に作中に現われるためであり、また取り上げる題材が概して無為なものだからです。その題材は、花々や機知で飾られていなければ、卑しく低劣な状態にとどまるでしょう。もし道徳的な題材を警句で語るのであれば、その題材はより地味な装飾でかまわないでしょう。

さて以上に、なぜ抒情詩の文体が華やかなのか、なぜ悲劇のそれが直截で単純なのかが示されましたので、叙事詩人はパセティックなあるいは道徳的な題材を扱う場合には悲劇の率直さと単純さに近づくべきであり、作者本人が語る場合や無為な題材を取り上げる場合には抒情詩の優美に近寄るべきだということが分かるでしょう。しかしいずれの場合も、叙事詩に固有の偉大と壮麗を完全に捨ててしまうわけではありません。多様な文体を使い分けるべきですが、内容が変わらないのに文体だけが変わったということでもいけません。そんなことをしたら重大な欠陥になるでしょう。

壮麗はいかにして獲得されるか
また中庸あるいは卑近はどのようにして形成されるか

壮麗は、着想、言葉、それに言葉の組み合わせから生みだすことができます。そしてこの三つの要素から、文体と先に述べたその三つの型が生まれてきます。着想は事物の像に他なりません。その像は事物のように堅固で確かな手ごたえを備えてはおらず、私たちの心のなかで想像力によって形成されて、そこである種の不完全な存在となっています。壮麗な着想は、神や、世界や、英雄や、陸や海の戦いといった偉大な事象を取り上げる場合に生まれるでしょう。この偉大さを表現するには、状況によって事物を大きく見せる思考の文飾(7)が適切でしょう。例えば、事物を実際よりももちあげて表現する増強法や誇張法、あるいはちょっと仄めかしてすぐ黙ることで、想像力に委ねて大きく見せる黙止法、権威と尊厳をそなえた人物を装うことで事物に権威と尊厳を付与する擬人法、また凡庸な頭には容易に飲み込みがたい、驚きをもたらすのに適したその他の類似の方法です。というのも、卑近が教えることを、中庸が喜びを特徴とするように（心を動かされたり教えられたりする際にも読者はなにがしかの喜びを感じはしますが）、壮麗な語り手は心を揺さぶり恍惚とさせることを特色としているからです。言葉が平凡ではなく、庶民の用法から離れた珍しいものである場合には、その語法は崇高になるでしょう。

言葉は単純であるか複合的であるかです。単純なものとは、意味をなす複数の語から構成されていない言葉です[8]。複合的なものとは意味をなす二つの語、あるいは一方は意味をなし他方は意味をなさない二つの語から構成されている言葉です。これらの言葉は、日常語、外国語、比喩、修飾語、造語、延長語、短縮語、変形語に分かれます。日常語とは事物に君臨している言葉、その国の全ての住人に日常的に使われている言葉です。外国語とは別の国で用いられている言葉です。ですから同一の言葉が、国によって日常語になったり外国語になったりします。チェロ[9]〔chero〕は、スペイン人には普通の言葉ですが、私たちには外国語です。比喩とは他の名称による置き換えです。これには、類による種の、種による類[10]の、一つの種による別の種の、また比例に基づく置き換えの四タイプがあります。動物という名称で馬を表すならば、類による種の置き換えです。「千もの偉業を成し遂げた者」という言葉で将軍を表すならば、種による類の置き換えです。「馬が飛ぶ」といえば、ある種から別の種への置き換えになります。昼と日没の関係は生と死の関係と同じである、と言えば比例に基づく置き換えになるでしょう。したがってダンテが述べたように、日没は「一日の死」と言えるでしょう、

死にゆく一日を悲しむように見える。[11]

また死は「人生の日没」と言えるでしょう、

その人生は朝方早くも日没に達してしまう。[12]

造語とは詩人によって作り出された、それ以前にはない言葉です。例えばタラタンタラは、ト

ランペットを鳴らす様子を模倣し表現した造語です。延長語はシミレに対するシミーレのように母音が伸ばされた言葉や、ディヴィエーネに対するアディヴィエーネのようにシラブルが添加された言葉を指します。[13] 短縮語は、その逆の道筋から生まれる言葉です。変形語は、いくつかの文字が置き換えられた言葉を指します。例えば、ディスペットの代わりにデスピットと言うように。

語法における気高さと珍しさは、外国語、比喩、並びに非日常的な全ての言葉から生まれます。しかしこの同じ源から分かりにくさも生じます。英雄詩には偉大さに加えて明晰さも求められますので、その分これを避けねばなりません。ですからこれらの珍しい言葉と日常語を注意深く組み合わせて、全体が明瞭で、気高く、曖昧なところや卑俗なところが少しもないというふうにしなければなりません。したがって比喩は日常語により近いものを選択するべきでしょう。外国語、古語、その他の似たような言葉も同様で、これらは卑俗なところの少しもない日常語の間に挿入すべきでしょう。言葉の合成[14]は私たちの言語には馴染みません。言葉の短縮、延長についても、できるだけ慎むべきです。また隠喩については、日常的に使われて俗になってしまった語句は避けるべきです。これに加えてその言葉は、トランペットの音で雷鳴を喩えるように、小さいものによって大きいものを言い換えるのではなく、雷の轟きによってトランペットの音を喩えるように、大きいものによって小さいものを言い換えるのでなければなりません。というのも後者が驚くほどにもち上げるのに対して、前者は同じくらい引き下げ貶めるからです[15]。

この注意は比喩や、いわゆる直喩においても守らなければなりません。直喩は「まるで」「あたかも」「～のように」といった付加語を隠喩につけるだけでできあがります。長く展開して複数の節にまたがる比喩は比較文となります。また隠喩があまりに斬新に感じられる場合は、それを直喩に変えるべきだというのが弁論家の教えです。しかし度が過ぎなければ、大胆にそのような隠喩を作る叙事詩人はまちがいなく称賛に値します。

外国語はプロヴァンス語、フランス語、それにスペイン語のような、私たちの言語に似たものから取るべきです。トスカーナ語と同じ語尾をつけるという条件で、私はラテン語もここに加えます。抒情詩によく使われる形容語は叙事詩にも適しています。これは、弁論家からは不要なものとしてあしらわれていますが、詩人にはすばらしい装飾として受け入れられており、偉大な壮麗さを生みだす一因となっています。

文体の三つ目の要素である構成は、文や文の一部をなす節が長ければ、壮麗な感じを帯びるでしょう。このため英雄詩には三行詩節よりも八行詩節の方が適しています。[16] 壮麗さは耳障りな音があると増大しますが、[17] この音は複数の母音の重なり、詩行の分断、[18] 押韻における子音の重複、行末における韻律の増長から生じます。また壮麗さは、力強いアクセントや子音の重複によって響きが際立つ言葉があると増大します。同様に、腱のように弁術を強靭にする接続詞の反復も壮麗さを増幅します。一般の用法に逆らって動詞を配置することも、頻繁にはできないことですが、弁論に気高さをもたらします。

壮麗な語り手は、装飾過多という悪癖に陥ることのないよう、節と節、動詞と動詞、名詞と名詞を、韻律だけでなく意味のレベルでもぴったり対応させるような事細かいこだわりを避けるべきです。次のような対照句は使うべきではありません。

あなたは速くて若いが、私は老いてのろい。[19]

気どりが露呈しているこの種の文飾はすべて中庸の文体に固有のものであり、多くの楽しみを与えてはくれますが、少しも心を動かさないからです。

壮麗な文体はこのような要因から生まれます。そして不適切に使われた場合は、これらの要因や類似のその他の原因から、大言壮語という、壮麗さと隣り合わせの欠点が生じることになります。大言壮語は着想が現実をはるかに凌駕する場合にその着想から生じます。例えばキュクロプスの投げた岩が宙を飛んでいる間、その岩の上でヤギが草をはんでいた[20]などという場合がそれです。大言壮語は、あまりに変わった言葉や、古すぎる言葉や、適切でない形容詞や、斬新に過ぎる大胆な隠喩を使った場合にはそれらの言葉からも生じてきます。誇張された感じは、ボッカッチョの散文の多くの箇所に見られるように、弁説が単に滑らかというよりは滑らか過ぎるという場合に、そのような言葉の構成からも生じるでしょう。大げさな文体は、自分がもってはいない富を自慢したり、自分がもっている富を分不相応に浪費するうぬぼれ屋に似ています。したがって、偉大な題材のなかで壮麗になった文体がもし卑小な題材に使われたとしたら、それはもはや壮麗ではなく大げさと言われるでしょう。雄弁の力は、演説でも詩でも、卑小なことを壮麗に語ることに由来するのではありません。なるほどウェルギリウスは蜂の共和国を描き出していますが[21]、それは遊びでしたことに過ぎません。というのも真面目な事柄においては言葉と言葉の構成は、着想に調和していることが常に求められるからです。

卑近な文体はこれらと反対の要因から生まれます。まず着想に関しては、人々の心に日常的に生まれるようなものである場合、つまり驚きを喚起するよりは、くだけた教えに適したものである場合に、卑近となるでしょう。表現は、言葉が日常的で、奇語でも新語でも外国語でもない場合、また隠喩がほとんどなく、あっても壮麗にふさわしい斬新さを含まないような場合、さらに形容語がほとんどない場合、あっても装飾のためというよりはやむをえず必要になったような場合に、卑近となるでしょう。構成は、文と節が短い場合、また弁論が多数の接続詞を含むことなく、名詞や動詞の位置を変えずに一般的用法にしたがってよどみなく流れる場合、また詩行と詩行の間で分断がなく、脚韻がそれほど凝ったものではない場合に、卑近となるでしょう。これと隣り合わせの欠点は低俗です。この欠点は、着想があまりに低劣である場合、みだらなものや汚れたものを含む場合に、その着想のうちに現れることでしょう。語法は言葉がまったく田舎臭いか庶民的である場合に低俗になるでしょう。構成は、次の一節のように韻律のメリハリがない場合、詩行がたるんでいる場合に低俗となるでしょう。

次に見えたのは淫婦クレオパトラ[22]。

中庸の文体は壮麗と卑近の中間にあり、両者の性質をあわせもっています。この文体は壮麗と卑近が交じることから生じるのではなく、壮麗が弱められるか卑近が高められると生まれます。このタイプの着想と表現は一般的な用法を超えていますが、壮麗なタイプに求められる力強さと雄渾はもちあわせておりません。日常的な語り口を超えたその特徴は、着想と語法の精緻で華やかな装飾の美しさであり、構成の甘く心地よい美しさです。細心の心配りから生まれるその文飾は、卑近な語り手も崇高な語り手もあえて使おうとしないものであり、中庸の語り手によってのみ用いられています。このような気取った装飾が頻繁に現れて嫌気を起こさせる場合には、称賛に隣接する欠陥に陥ることになります。中庸の文体は壮麗な文体のように心を動かす力をもちませんし、卑近なそれほどに語る内容をはっきり理解させることもできませんが、甘美な調合によってより大きな楽しみを与えてくれます。

文体が、詩人が選択した題材を模倣する道具であるとするならば、その文体には、話を聞いているのではなく、実際に現場を見ているのだと思わせるような具合に読者の眼前に事物を提示するだけの効力が必要となります。そして叙事詩には役者や舞台の助けが欠けている分、悲劇よりもいっそうこの力が必要となるのです。この力は事物をこまやかに描き出す丹念な努力から生まれますが、私たちの言語はこれにはあまり適していません。しかしながらダンテはこの点において自分の限界を超えているようであり、恐らくはホメロスに匹敵し、私たちの言語が許す範囲においてではありますが第一人者です。『煉獄篇』から次の一節を読んでみましょう。

羊は囲いから現われる
一匹、二匹、三匹と。後続の羊は
気後れして、目と鼻を地に伏せる。
　後ろの羊は初めの羊がなすことをまね、
先頭が止まれば、その背中に身を寄せる、
素朴で従順で、なぜかを知ろうともしない。(23)

この力は、登場人物に話をさせる際に、彼にふさわしい動作を伴わせることからも生じます、

彼は私をちらっと見てから、まるで蔑むように〔言った〕[24]。

このような丹念な叙述は心を動かす中心手段となるために、パセティックな場面において必要となります。これについては「地獄篇」のウゴリーノ伯の語り口が手本となるはずです[25]。この力は、何らかの結果を描く際に、それに付随する状況を描写することからも生じます。例えば船の航行を描く際に、打ち砕かれた波が周囲にさざめく、と言うように。事物に動きを与える隠喩もこの種の表現力を伴っています。生物によって無生物を喩える場合は特にそうです。

ついには枝が、
自分の衣服がすべて地に落ちるのを見届けるまで[26]。

またアリオストの次の一節、

その間に渚は逃げ去り、姿を消す。[27]

「復讐する剣」「血に飢えた剣」「神をも恐れぬ剣」「無慈悲な剣」「向う見ずな剣」などの言い回しも同様です。この効力は、表現しようとする事物にふさわしい自然な言葉からもしばしば生じます。

文体は、着想からではなく、言葉から生まれるものだとダンテは明言し、ついにはこの意見、つまりソネットにおいて大きな題材を展開する際には、ソネットの形式が壮麗にふさわしいものでない以上、その題材も壮麗に展開されるべきではなく、ソネットの構成と性質にしたがってつつましく展開されるべきだ、という意見を信じるに至りました。[28] 実際はその反対に、着想こそが目的であり、したがって言葉や表現の形相となります。ところで形相というものは質料から秩序を与えられているのではなく、質料に依拠しているわけでもありません。むしろ反対です。したがって着想が言葉に依拠するのではなく、その逆が真であり、言葉が着想に依拠してそこから法則を引き出すべきだという結論になります。[29] この第一の前提は、自然が私たちに言葉を与えたのは、まさに私たちが心のなかの着想を他者に伝えんがためだからだ、という理由によって証明されます。第二の前提は自明です。ダンテに対する二つ目の反駁は次のとおりです。像は、想像され摸倣される対象に似ていなければならない。ところが言葉は、アリストテレスが言うように[30]、着想の像でありその模倣物である。それゆえ言葉は着想の性質を追いかけなければならない[31]。この最初の前提も明白です。というのもヴィーナスの彫像をつくるにあたってヴィーナスの優しさと美しさではなく軍神マルスの猛々しさと逞しさを表したりしたら、明らかにおかしいでしょうから。三つ目の反駁は次のとおりです。もし叙事詩人と悲劇詩人にとっての筋立てに相当するものを抒情詩に求めるとするなら、それは着想以外にはないだろう。なぜなら、叙事詩と悲劇においては筋立てが品行と情感の基盤となるように、抒情詩においては着想が基盤となるからである。したがって、前者において筋立てが魂、形相となるように、後者の抒情詩においては着想が形相となるだろう[32]。さて古代の良き雄弁家たちの意見によりますと、着想が生まれるや、それがまとうべき自然な言葉と韻律も一緒に生まれてきます。もしそうだとすれば、その着想が異質な衣装をまとってしっくり見えるなどということが、どうしてありえましょうか。デメトリオス・ファレリウスが述べたように、語法の力によって「愛神を地獄の鬼女に見せる」[33]ことはできないでしょう。言ってみれば、言葉の性質は着想の見かけを大きくしたり小さくしたりはできますが、それを完全に変えることはできないのです。なぜなら、語りの特徴はすべて二つの要素、着想と語法から生まれるからであり（さし当たって韻律は除くとして）、また語りの形態を生み出す要因として、語法よりも着想の方が大きな力をもつことに疑問の余地はないからです。着想の性質と、言葉や語法の性質が相異なる場合には、元老院の長いトーガを田舎者がまとったような不調和が生じることは明らかです。

したがってこのような不調和を避けるために、ソネットにおいて大きな着想を扱う者は（小さいものを拒み、大きなものを選んだわけですから）、ダンテがしたようにその大きな着想をつつましい表現で装うべきではありません。文体は着想から生まれるということの意見にかんしては、次のようなことが言われています。すなわち、もしそれが本当なら、抒情詩人が叙事詩人と同じ着想（神や英雄など）を取り上げる場合には、両者の文体は同じとなるだろう、しかしこれは、明らかに事実に反している、ゆえに誤りである云々。さらに次のように言われるかもしれません。もし双方の詩人が同じ内容を扱っているのなら、二つのジャンルの相違を生み出しているのは語法ということなる、それゆえ文体は着想からではなく語法から生まれている。

これらの言い分に対しては、事物、着想、言葉のそれぞれのなかには、非常に大きな相違がある、と答えることになります。事物とは私たちの心の外にあり、それ自体で成立しているものです。着想とは、人間の想像が多様であるのにしたがって私たちが心のなかで多様に形成している事物の像です。最後に、言葉は像の像です。それはすなわち事物から引き出された着想を、聴覚を通じて私たちの心に提示するものです。したがって、もしも誰かが、文体は着想から生まれる、その着想は抒情詩と英雄詩で同じである、ゆえに両者の文体は同じであると述べたならば、私は抒情詩と英雄詩は同じ事柄を扱うことがあっても、同じ着想を扱っているわけではないと答えるでしょう。

抒情詩の題材は限定されていません。というのも弁論家が共有のトポスから引き出した蓋然性のある理屈を頼りに、自分に課せられたあらゆる題材を駆け巡るように、抒情詩人も自分が出くわしたあらゆる題材を取り上げているからです。ただし悲劇や叙事詩には共有されない、抒情詩に固有の着想を頼りにそれを取り上げているのです。そしてこの着想の違いから、叙事詩と抒情詩の文体の相違が生じるのです。抒情詩というジャンルを構成するのは、甘い韻律、洗練された言葉、美しくまばゆい表現、絵画のような比喩やその他の文飾などではなく、着想の甘さ、優美さ、いわば着想の楽しさです。このような着想の様態からそれらが派生しているのです。その着想には何か楽しくて、華やかで官能的な感じが見られます。これは叙事詩には不適切であり、抒情詩に自然なものです。叙事詩人と抒情詩人が同じ事柄を扱いながら、いかに異なる着想を使うかを私は実例によって知っています。この着想の違いから、両者の間に文体の相違が生じるのです。ウェルギリウスはディドーの姿に見られる女性の美しさを次のように描いています。

この上なく美しい姿の女王ディドーが神殿へと
歩む、大勢の若者の一隊に囲まれて。
まるでエウロータス川の岸辺やキュントス山の尾根を通って
ディアーナが踊り手たちを導くよう、云々。(34)

「この上なく美しい姿のディドー」はごく単純な着想です。他の箇所はいくぶん装飾豊かですが、叙事詩の品位を損なうほどではありません。しかし、もし同じ美しさをペトラルカが抒情詩人として描き出すなら、このような簡素な着想に満足することなく、大地は彼女の周りで微笑むとか、彼女の足に踏まれたことを自慢するとか、草花は彼女に踏みしだかれることを切望するとか、空は彼女の輝きに打たれ清廉の光で燃え上がるとか、彼女の瞳の輝きによって澄みわたるだとか、太陽は彼女の顔に自分を映し、そこ以外には比肩するものを見いださない、などと語るでしょう。そして愛神を呼び招いてともに彼女の栄えある姿を見つめることでしょう。抒情詩人が用いるこのような多彩な着想からは、多彩な文体が派生するでしょう。抒情詩人が賛美の念を込めて使う次のような着想は、叙事詩人ならば決して使用しないでしょう。

花びらの一枚は裳裾のうえに、
一枚は、黄金の三つ編みに舞い落ちる、
その髪は、磨きぬかれた金と真珠
あの日たしかにそう見えた。
一枚は地に、一枚は波間のうえに横たわる。
また一枚は優美に宙を漂って

こう語るかに見える、「ここは愛神の治めるところ[35]」。

したがって『狂えるオルランド』で、次のような叙情的に過ぎる着想を用いたアリオストは非難に値します。

心を焦がす愛神が、この旋風を生む、云々[36]。

ここで抒情詩にかけてはラテンのどんな詩人よりも優れているトスカーナ人〔ペトラルカ〕と、叙事詩にかけては他の誰よりも優れているラテンの詩人を比較して、両者が同じ事柄をどのように記したかを見てみましょう。ウェルギリウスは狩人の格好をしたヴィーナスの衣装を描きつつ、次のように述べました。

〔ヴィーナスは〕吹きつける風に髪を委ねてなびかせた[37]。

彼は英雄詩の威厳にそぐわないことを語りませんでしたが、抒情詩人の方は同じ内容をたいそう優美にこう述べています。

黄金の髪は微風にさざめき
あでやかないくつものもつれのなかに、云々。[38]

叙事詩においては次のような言葉は許容できます。

〔ヴィーナスの〕神々しい髪は頭の頂上から神聖な香りを放った。[39]

しかし次のように語ったとしたら官能的に過ぎるでしょう。

〔ヴィーナスの〕美しい名を歌いながら、空一面にキューピッドたちが薔薇をふりまいた。[40]

ウェルギリウスは愛しのアエネーアスに想いを凝らすディドーを描いて、こう述べています。

離れていても、遠くの彼の声を聞き姿を見る。[41]

この着想は確かに機知と重みがありますが、簡素です。同じ題材をめぐってペトラルカは、重みには劣るもののより優美で装いを凝らした着想を見つけ出しており、そこから言葉のより華やかで彩り豊かな構成が生まれています。

彼女の姿を何度も見た（誰が信じてくれるだろう？）
澄んだ水面に、緑の草むらに、
生きている姿を確かに見た、ブナの切り株に、
あの雲のなかに、レダなら星が太陽の光に消されるように

娘の美しさが奪われてしまうと嘆いただろう、
　あの純白の雲のなかに。[42]

同じテーマを巡る同様の着想が次のカンツォーネ全体を満たしています。

　愛の神が私を駆り立てるところへ。[43]

ディドーの悲嘆はウェルギリウスによって月並みな着想で描かれており、その結果その言葉もよくあるものになっています。

　こう言って、あふれる涙で胸を満たした。[44]

彼は第十二巻でラウィーニアの涙を描く際には、より装飾豊かな着想を求めており、その着想をそれに応じた装飾豊かな言葉で展開しています。

ラウィーニアは母の声を聞いて、涙を
燃える頬にこぼした、濃い赤みが
炎をはらんで、火照った顔に広がった。
まるで血のような染料をインド産の象牙のうえに
刷いたかのような、あるいは白い百合が多くの薔薇に混じって
赤みを帯びるような、そのような色を乙女は顔に浮かべていた。(45)

これは彩り豊かな着想であり、ほとんど抒情詩にふさわしいものです。しかし次の着想を超えるほどまばゆいわけではありません。

内に募った悲嘆が生み出す燃え上がる美声、その声を
送り出す歯は真珠、唇は真紅の薔薇、
その吐息は炎、その涙はクリスタル。(46)

この末尾の着想は恐らくウェルギリウスなら許容しなかったでしょう。次のような着想はなおさらです。

愛、分別、徳、慈悲、苦悩が、
泣き声をあげて、この地上で聴かれる
いかなる声よりも甘美な和音を作りだしていた。
空はその和声に聴き入って
木々の葉はそよとも動かない。
大気と凪は、深い甘美に満たされていた。(47)

朝日《アウローラ》の到来を描く際のウェルギリウスの着想は非常に簡素なものです。

アウローラが露をはらんだ闇を空から追い払った。(48)

さらに、次の一節、

その間にアウローラが昇り、大海原を後にした[49]。

ペトラルカは同じことを描きながらも、心地よい着想をもれなく探求し、その着想に見合った言葉を見つけだしています。

鳥たちの目覚めの歌声、さえずりが、
空の上から、谷間にこだまし、
下の方では明るく清涼な小川を流れる
クリスタルのさざめきが響きわたる。
あの人は、云々[50]。

したがって文体の相違が着想の違いから生じていることは明らかです。その着想は抒情詩と叙事詩では異なっており、またそれぞれ違ったやり方で展開されています。抒情詩人と叙事詩人は同じ着想を扱っている、にもかかわらず文体が異なっているのだから、文体は着想から生まれるのではない、という結論にはなりません。というのも先述のとおり、同一の事柄を扱っている、したがって同一の着想を扱っている、とはならないからです。なぜなら同一の事柄を異なる着想で取りあげることがありえるからです。この事実がより明確になるように、叙事詩人が抒情詩人にふさわしい着想を扱う場合には（こういうことをすべきかどうか私は判断しかねますが）、その文体が完全に抒情的になるのをご覧ください。次の出だしで始まる一節を語った際、アリオストがいかになごやかで、優雅で、華やかであるかを見てみましょう。

その美しい顔は、まるで、(51)

実際このようになごやかな着想を用いたために、その文体は恐らくこれ以上は望めないほどに叙情的になってしまいました。同様にウェルギリウスにも、なごやかな甘い着想を使い、それを優美な表現で飾ったために、文体が中庸で華やかになった個所があります。第四巻の夜の叙述をお読みください。

夜となった。穏やかな眠りを、[52] 云々。

ペトラルカは同じ題材を同じ着想で、つまりなごやかな着想で、次のソネットに歌いました。

空も、大地も、風も押し黙り、[53]

ここでは、双方の間に着想の不一致がないために、文体の不一致もありません。そしてここから、抒情詩人と叙事詩人が同一の事柄を同一の着想で扱うなら、両者の文体は同じものになることが分かるはずです。

ですから文体は着想から生まれ、詩行の性質、重々しいとか卑近といったその性質も、着想から生まれるということになります。この結論もウェルギリウスから引き出すことができます。

彼は同じ形式の詩行を、着想の違いに応じて卑近に、中庸に、また壮麗に仕立てました。もし詩行の性質によって着想が規定されるとするならば、彼は重々しさを表現するのに本来適したヘクサメトロスによって、牧歌の題材を壮麗に歌い上げていたはずです[54]。抒情詩人が壮麗な語り口を、叙事詩人が中庸のあるいは卑近な語り口を使うことがあるとしても、疑念を抱くには及びません。というのも物事の定義というのは支配的な要素によってなされるものですし、また人は主要な意図となるものにまず目を向けるものだからです。したがって、叙事詩人が時折中庸の文体を使うとしても、だからと言って、その文体が主要な特徴として壮麗を掲げなくていいはずはありません。私たちは抒情詩についても、何ら反論を受けることなく同様に述べることができるでしょう。

訳注

第一巻

（1）『詩作論』は三巻からなり、各巻で英雄詩の題材、プロットの構成、修辞法がそれぞれ論じられる。題材の選択について考察した第一巻では、読者を楽しませる超自然の驚異と、崇高な叙事詩に求められる本当らしさをいかにして両立させるかという議論が特に興味深い。

（2）①題材、②構成、③表現という議論の展開は、伝統的な修辞学の議論の順序を踏まえている。

（3）法廷弁論に代表される弁論家の仕事の多くはよそから与えられるものであり自ら選択できるものではない。

（4）ペイディアス（前四九〇頃‐前四三〇頃）とプラクシテレス（前四世紀）はともに古代ギリシアの彫刻家。

（5）「本当らしさ」（il verisimile）はタッソの詩論に頻出する用語である。アリストテレスの詩論に由来することの概念は、タッソの創作理論においては主として読者の心を動かすリアリティを意味している。

（6） アリストテレス『詩学』（第九章）。

（7） アガトンは紀元前五世紀のギリシアの悲劇詩人。その『アンテウス』は、神話と歴史に基づかない創作作品として知られている。またボイアルド（一四四一－一四九四）とアリオスト（一四七四－一五三三）の英雄談はそれぞれ『恋するオルランド』と『狂えるオルランド』を指している。

（8） 魔法の指輪、魔法の盾、空飛ぶ馬は、ボイアルドとアリオストの騎士物語に描かれたテーマ。船がニンフに変わる場面はウェルギリウスの『アエネーイス』に見られる（第九歌、一一二－一二二）。

（9） シピオーネ・ゴンザーガ（一五四二－一五九三）は、マントヴァのゴンザーガ家の傍系に属する聖職者。タッソの生涯を語るうえで欠かせない人物である。シピオーネは、風刺詩を書いたことがきっかけでボローニャ大学を追い出されたタッソをパドヴァの自宅に保護して以来、物心両面にわたって詩人から頼られる存在となった。詩にも造詣が深かったシピオーネに対して、タッソは『エルサレム解放』の草稿をゆだねて意見を求めている。『詩作論』はこのシピオーネに献呈されている。

（10） 「筋立ての構成について論じた箇所」とは『詩作論』の第二巻を指しているが、タッソの予告にもかかわらず該当する記述は見当たらない。『詩作論』を加筆修正した『英雄詩論』*Discorsi del poema eroico*（一五九四年刊）にも明確な言及はない。しかし筋立ての構成を論じた同書第三巻の細部の記述などから、タッソは次のような解決策を考えていたものと推測される。すなわち、驚異をエピソードとして作中に挿入し、その挿話を主題の援助あるいは障害としてメインプロットに緊密に結びつけて配置するという方法である。エピソードという周縁に配置すること、作品の発端と結末ではなく中間部に挿入することで、驚異の存在が相対的に小さくなり嘘が目立たなくなる。またプロットの因果関係のなかに組み込むことによって、展開の必然性から超自然の驚異を本当らしく見せることが可能になる。

（11）　英雄詩『ヘラクレス』を創作したフェラーラの文人、ジャンバッティスタ・ジラルディ・チンティオ（一五〇四―一五七三）を示唆している。

（12）「有用性」という言葉は、読者を教導する詩の道徳的・社会的な役割を指している。このくだりから解るように、タッソは「有用性」を詩の主要な目的とは考えていない。タッソにとっての詩の目的は、『詩作論』第二巻で述べられるとおり、読者に喜びをあたえることである。しかし、後年の創作理論では詩の宗教的意義が重要な役割を果たすことになる。

（13）　キンキナートゥスは紀元前五世紀のローマの政治家。ローマが危機に瀕した際、農業に従事していたところを呼び出されて執政官になった。有徳の人物として名高い。

（14）　アリストテレス『詩学』（第一章～第三章）。

（15）　アリストテレス（『詩学』第十三章）によれば、よい人が幸福から不幸へと転じる筋は忌まわしいだけで、恐れも哀れみも喚起しない。また悪人が幸福から不幸に転じるような筋も哀れを感じさせることがない。善人でもなければ悪人でもない中間の人物が悲劇の効果を挙げるのにもっともふさわしいとされる。

（16）『アマディージ』は同名の主人公が活躍する騎士物語。アマディスものと呼ばれる一連の作品が十六世紀のスペインとイタリアで創作された。タッソがここで示唆しているのは、父ベルナルドが創作した『アマディージ』（一五六〇年刊行）である。

（17）　ブラダマンテはボイアルドとアリオストの騎士物語に登場する女性の騎士。恋人との愛をつらぬく貞節な人物として描かれている。

(18)　最初の三人は叙事詩・騎士物語に描かれた人物であり、残りの三人は英雄詩には登場しないが伝統的によく知られていた悪人である。メゼンティウス、マルガノッレ、アルケローロはそれぞれ、ウェルギリウスの『アエネーイス』、アリオストの『狂えるオルランド』、ベルナルド・タッソの『アマディス』に登場する。ブシリスはギリシア神話に登場するエジプトの王。神への生け贄として毎年異国の人間を殺害していたが、エジプトにやってきたヘラクレスを捕えようとして逆に殺された。プロクルステスはギリシア神話の盗賊。街道を行く旅人を襲って寝床にはりつけ、そのサイズに合うように小さい者の体を槌でたたき伸ばし、大きい者に対してははみ出た部分を切り落として殺害した。テセウスによって同じやり方で殺された。ディオメデスはギリシア神話のトラキアの王。人肉で飼い馬を育てていたが、ヘラクレスによって自分がその馬の餌にされた。

(19)　「フローリオの恋」は中世に流行したフローリオとビアンコフィオーレの愛の物語を指している。ボッカッチョにも題材を提供したこの物語は、信仰の異なる二人が恋に落ち、少年の父親である王によって仲を引き裂かれるが、波乱万丈の末に結ばれるという内容である。テアゲネスとカリクレイアは、三世紀のギリシア詩人ヘリオドロスの『エチオピア』に登場する恋人。

(20)　『アエネーイス』(第一歌、三三三行)。

(21)　ジャン・ジョルジョ・トリッシノ(一四七八－一五五〇)は、十六世紀前半に活躍したイタリアの文人。アリストテレスの影響をうけた詩論を執筆し、みずから叙事詩『ゴート族からのイタリア解放』を執筆した。

(22)　アリストテレス『詩学』（第六章）。
(23)　『詩作論』の第二巻では、プロットの構成の観点から英雄詩の大きさが論じられる。
(24)　ルーカーヌスの叙事詩『内乱』と、シーリウス・イタリクスの『プーニカ（ポエニ戦記）』。
(25)　ボイアルドの『恋するオルランド』は作者の死により未完に終わった。これを引き継ぐ形で書かれたのがアリオストの『狂えるオルランド』である。
(26)　スペローネ・スペローニ（一五〇〇–一五八八）はパドヴァ大学で論理学・哲学を教えた文人で詩にも精通していた。タッソはパドヴァに滞在していた青年時代にスペローニと知り合い、アリストテレスの『詩学』について教えを受けた。一五七五年から七六年にかけては『エルサレム解放』の草稿をスペローニに送って意見を求めるが、このやりとりを通じてあらわになった詩作にかんする見解の相違から両者の関係は悪化する。

第二巻

(1)　第二巻では、冒頭で詩が歴史に見られるような個々の事実ではなく、普遍的な本当らしさを追求することが示され、次いでこの巻の主題である英雄詩のプロットの構成が論じられる。その筋立ては、①完全性、②大きさ、③単一性の三条件を備えていなければならない。このうち、特に問題となるのは③の「単一性」である。タッソは、筋立ての「単一性」と「多様性」という当時の創作理論の重要問題にかんして、「単一性」の必要性を重視しつつ、これを損なわない範囲で「多様性」を取り入れることを主張する。
(2)　一つ目の巨人キュクロプスは、『アエネーイス』の第三巻で言及されている。また巫女シビュラは、アエネーアスが亡き父に会うべく冥府へ下る場面で導き役として登場する（第六巻）。タッソはこのキュクロプスとシビュラの挿話を読者に喜びをもたらす驚異のモチーフと見なしている。

（3）　アマータはラティウム族の王妃でトゥルヌスの義母。陥落寸前の都でトゥルヌスの姿を見失い、絶望のあまり首をつる（『アエネーイス』第十二歌、五九三－六〇三行）。

（4）　アリオスト『狂えるオルランド』（第三十五歌、二七、七－八行）。この引用は、月のうえで聖ヨハネが騎士アストルフォに、歴史上の偉人たちは作家のお追従で立派な姿に描き出されたにすぎないと指摘する台詞。

（5）　『恋するオルランド』と『狂えるオルランド』は、シャルルマーニュの騎士たちの恋と武勇を描いた物語である。どちらの作品も多彩な挿話を繰り広げているためにメインプロットに相当するものを明示するのが難しいが、①シャルルマーニュとアフリカの王アグラマンテの戦い、②オルランド（シャルルマーニュの騎士）と異教徒アンジェリカの恋、③ルッジェーロ（アグラマンテに使える騎士）とブラダマンテ（シャルルマーニュに仕える女戦士）の恋の三つが中心主題と考えられている。これらのテーマの発端はボイアルドの作品には描かれているが、これを引き継いだアリオストの作品には記されていない。

（6）　『イリアス』がトロイア戦争を主題とするならば、この戦争の発端と結末を含んでいなければならない。しかしホメロスの叙事詩にはそのどちらも描かれていない。

（7）　ホメロス『イリアス』、第一歌（一－四行）。

（8）　ティブッルス『集成』（第一巻、三、七五）。ティテュオスは大地母神ガイアの子。なおティブッルスの原文では野は七つではなく九つ。

（9）ペトラルカ『凱旋』「名声の勝利」（三、一〇二）。

（10）アリオストの騎士物語ならびにそのプロットの多様性を擁護した文人としては、フェラーラのエステ家に仕えていたジャンバッティスタ・ジラルディ・チンティオ（一五〇四－一五七三）が有名である。また同じくフェラーラで活躍した哲学者フランチェスコ・パトリッツィも、アリストテレスの創作理論を否定する立場からユニークなアリオスト擁護論を書き残している。プロットの単一性を擁護した文人としてはスペローネ・スペローニ（一五〇〇－一五八八）、イアソン・デノーレス（一五三〇－一五九〇）、またカミッロ・ペッレグリーノ（一五二七－一六〇三）らの名前が挙げられる。このペッレグリーノの論考『カッラーファ、あるいは叙事詩について』（一五八四年刊）は、アリオストとタッソの優劣を巡る一連の論争のきっかけとなった作品である。

（11）ルーカーヌス『内乱』（一、一二七）。

（12）アリストテレス『詩学』（第六章、第九章）。

（13）ボイアルドとアリオストの騎士物語では、進行中の挿話が中断し、別の挿話が唐突に始まることがしばしばある。サスペンスの効果を高めるために考案されたこのモザイク型の構成をタッソはここで指摘しているように見受けられる。

（14）『神曲』「地獄篇」（第二十五歌、五八－六〇行）。

（15）ホラーティウス『詩論』（二三）。

（16）ホラーティウス『詩論』（七二）。

（17）詩の目的が喜びを与えることにあるという見方は、アリストテレスの『詩学』（第四章、十三章、十四章、二十六章など）にうかがえる。
（18）　この記述もアリストテレスから取られたものである（『詩学』第一章）。アウロスは古代ギリシアで使われていた笛の一種、キタラーは竪琴に近い楽器。
（19）　この箇所欠字。『詩作論』を加筆修正した『英雄詩論』の該当箇所も同様である。タッソは空白部に入れるべき用語を確認できなかったか、あるいはこの箇所を失念したものと推測される。
（20）　「世界を十の項目に整理し」というのは、アリストテレスが『カテゴリー論』の第四章で示した十の範疇を指すものと思われる。
（21）　この技術を詩作法と取る注釈もあるが、文脈から弁証術を指しているものと思われる。
（22）　イタリアでは十六世紀前半の言語論争以降、ペトラルカとボッカッチョが創作に用いたトスカーナ語が書き言葉の規範として定着した。現代のイタリア語もこのトスカーナ語がもとになっている。
（23）　ヘクサメトロス（六歩格、六脚韻）は古代ギリシア・ローマで使われた韻律の一種。一行を六つの詩脚で構成する。特に叙事詩の詩形として有名であり、ホメロスとウェルギリウスの英雄詩はこの韻律で歌われている。
（24）　ゲッリウス『アッティカの夜』（第一巻、十の四）。
（25）　ホラーティウス『詩論』（六〇－六二）。
（26）　ホラーティウス『詩論』（七〇－七二）。
（27）　ペトラルカ『凱旋』「名声の勝利」（二、三〇）。ここに歌われているのは古代ギリシアの政治家キモン。

(28) エンツォ王はフェデリーコ二世の庶子（一二二〇－一二七二）。シチリア派の詩人の一人に数えられる。

(29) ホメロス『オデュッセイア』第六歌の場面。アルキノオス王の娘ナウシカアは、女神アテネの働きかけによって侍女らとともに川辺に洗濯に出かけ、そこでオデュッセウスに出会って彼を王宮へ案内する。

(30) ホラーティウス『詩論』（一五八－一六〇）。

(31) プロットの各部分を有機的に結びつけながら多様性を導入するという考え方は、ジラルディ・チンティオの騎士物語論にも認められる。そこでは作品内の各部の調和が、骨と肉と皮膚という人体の構成要素の調和にたとえられている。

(32) 『アエネーイス』（第六歌、一二九）。

(33) アリストテレス『詩学』（第十－十一章）。

(34) 「苦難」のイタリア語は perturbazione。タッソはラテン語の perturbatio を念頭に置いていたと考えられている。

(35) アリストテレス『詩学』（第二十四章）。

(36) アリストテレス『詩学』（第二十三章、二十六章）。

(37) タッソは、単一性と多様性を融合する具体的な方策をこれから論じると予告しているが、『詩作論』の第三巻では英雄詩の文体が論じられているだけであり該当する記述は見当たらない。このため、『詩作論』はもともと三巻ではなく、全四巻だったのではないかと考えられている。実際、タッソがルイージ・デステに随行してフェラーラからフランスに出立する直前に書き残した有名な書簡には、次のような言葉が見られる。「私がフェラーラのアカデミア創設の際に行った講演が日の目を見るよう望んでおります。英雄詩に関する四巻の議論も同様です」（一五七〇年、エルコレ・ロンディネッリ宛）。なおタッソがここで予告した、単一性を損うことなく多様性を導入するための具体策は、後の『英雄詩論』第三巻で詳しく論じられることになる。その方法とは、メインプロットに緊密に結びついた挿話として多様性を導入するというものである。エピソードは具体的には主題の援護または妨害として作中に導入されることになる。

第三巻

（1）　第三巻では、文体の三つのタイプ（壮麗、中庸、卑近）が提示され特に壮麗なスタイルが論じられる。英雄詩の文体は壮麗でなければならない。ただし必要に応じてその他の文体を使うことも認められる。また文体の構成要素として、着想の重要性が強調される。タッソは、事物→着想→言葉という伝統的な序列を踏まえつつ、言葉が着想によって規定されるという見方を強調している。

（2）　デメトリオス『文体論』（二一四節）。

（3）　アリオスト『狂えるオルランド』（第十歌、一〇、五－八行）。

（4）　『狂えるオルランド』（第二十五歌、三一、一－二行、五－六行）。

（5）　『狂えるオルランド』（第十歌、一一四、三－六行）。

（6）　『狂えるオルランド』（第一歌、四二、一行）。これは異教の騎士サクリパンテが語る台詞。連全体は以下のとおりである。「あの少女は、バラの花にそっくりだ。美しい庭園のなかで、生まれつき棘に守られ、一人安心して憩い、羊の群れも羊飼いも近づくことのないあのバラに。心地よい微風も、露を含んだあけぼのも、水も大地も、その美しさにひれ伏してしまう。見目麗しき若者や恋する娘らは、その花で胸や頭を好んで飾る」。

（7） 修辞学の議論では、「思考の文飾」「思考の形象」（figure di sentenze）は、「題材の加工形成のために発見する（補助的な）思考に関係するものであり、したがって本来は着想の対象である」（ラウスベルク［二〇〇一］二二二頁）。以下に列挙される誇張法や擬人法は、表現を作るための着想を見出すという一面があるためにここに記されていると考えられる。

（8） 言葉にかんする以下の説明はアリストテレスの『詩学』（第二十一章）を踏まえたもの。

（9） 詳細不明。当時のスペインで、「一族」「子孫」あるいは「類」「属」などの意味で使用されていた可能性がある。

（10） 「類」は「種」の上位に位置し、これを包括する概念。

（11） 『神曲』「煉獄篇」（第八歌、六行）。

（12） 典拠不明。

（13） シミーレ（simile）は形容詞シミレ（simile）の母音を伸ばした形で、アディヴィエーネ（adiviene）は動詞のディヴィエーネ（diviene）に接頭辞をつけた語である。

（14） 言葉の合成とは、アリストテレス『詩学』（第二十一章）の変形語（語の一部をそのまま保ち一部を新たにつくりだしたもの）を指すと考えられる。

（15） デメトリオス『文体論』（八三－八四節）。

（16） 三行詩節はダンテの『神曲』で使われている詩形で、十一音節詩行三行を一単位として

ababcbcdc... というパターンで脚韻を踏む。八行詩節は物語詩によく使われた詩形で十一音節詩行八行を一つのユニットとして abababcc という配列で韻を踏む。ボイアルドとアリオストの騎士物語もタッソの『エルサレム解放』もこの八行詩節で書かれている。

(17) デメトリオス『文体論』(四八)。

(18)「詩行の分断」は、行末から次行冒頭に文がまたがる形(アンジャンブマン)を指している。

(19) ピエトロ・ベンボ『リーメ』「若かった年月をことごとく」、一一行目。

(20) このキュクロプスの例もデメトリオスの『文体論』(一一五節)にある。

(21) ウェルギリウス『農耕詩』(第四歌)。

(22) ダンテ『神曲』「地獄篇」(第五歌、六三行)。タッソの引用("Poi vide Cleopatràs lussuriosa")はダンテの原文(Poi è Cleopatràs lussuriosa)と異なっている。この詩行には内容そのものに卑俗なところがあるのに加えて、一文が節を伴わない単文であり、語順の倒置も接続詞も伴わない単純な展開となっている。また耳障りな音もない。脚韻もよくあるものである。

(23)『神曲』「煉獄篇」(第三歌、七九－八四行)。

(24)『神曲』「地獄篇」(第十歌、四一行)。

(25) ウゴリーノ伯が塔に幽閉されて子や孫とともに餓死した様子をみずから語る場面を指す(「地獄篇」第三十三歌)。

(26)『神曲』「地獄篇」(第三歌、一一三－一一四行)。

(27) タッソはアリオストの詩行だと断っているが、該当する一行はアリオストの作品には見当たらない。

当時の文人は引用をする際、原典を確かめることなく記憶だけを頼りに詩行を提示する。そのためにこの種の勘違いがまま生じることになる。当該詩行については、タッソ自身が初期の騎士物語『リナルド』（第八歌、二四、七行）で使用している。

（28）　ダンテの『俗語詩論』（第二巻、四節）を指していると考えられる。

（29）　タッソは、ダンテの見解を反駁するために三つの論証を展開している。その最初に当たるこの箇所は以下のような三段論法となっている。①着想は言葉の形相である。②形相が質料に依拠するのではなく、質料が形相に依拠する。③それ故、質料に相当する言葉は、形相に相当する着想に依存してそこから法則をひきだす。タッソは以下にこの①（「第一の前提」）と②（「第二の前提」）を証明しようとしている。

（30）　アリストテレス『命題論』（第一章）。

（31）　この二つ目の反駁も三段論法に基づいている。①像は、もとの対象に似ていなければならない。②言葉は、着想の像である。③それ故、言葉は、そのもととなる着想の性質を追いかけねばならない。以下タッソは①の前提についてのみ簡単な証明を試みている。

（32）　三つ目の反駁は次のような道筋で導かれている。①叙事詩と悲劇の筋立てに相当するものは、抒情詩においては着想である。②叙事詩と悲劇においては筋立てが魂・形相に当たる。③故に、抒情詩においては着想がその魂・形相となる。

（33）　デメトリオス『文体論』（一三二）。

（34）　『アエネーイス』（第一歌、四九六－四九九行）。

（35）　ペトラルカ『カンツォニエーレ』（一二六、四六－五二行）。

(36)『狂えるオルランド』(第二十三歌、一二七、五行)。この一行は、愛しのアンジェリカが他の男と結ばれたのを知った騎士オルランドが涙ながらに語る台詞の一部。以下にこの連を訳出する。「わが苦しみの証たるこの吐息は溜め息ではない、そんなものではない。溜め息ならば時折は止まるが、この胸が発散する苦しみは絶えない。心を焦がす愛神が、火炎の周りで翼を叩いて、この旋風を生む。愛神よ、お前は私の心臓を炎でつつみながら決して燃え尽きさせない、いかなる奇跡でそんなことができるのだ?」

(37)『アエネーイス』(第一歌、三一九行)。

(38)『カンツォニエーレ』(九〇、一-二行)。

(39)『アエネーイス』(第一歌、四〇三-四〇四行)。

(40)ピエトロ・ベンボ『リーメ』「スタンツェ」(一二、三-四行)。

(41)『アエネーイス』(第四歌、八三行)。

(42)ペトラルカ『カンツォニエーレ』(一二九、四〇-四五行)。レダは白鳥に化身したゼウスと交わって子どもを生む。その「娘」がトロイア戦争の原因となった絶世の美女ヘレネ。

(43)『カンツォニエーレ』(一二七、一行)。

(44)『アエネーイス』(第四歌、三〇行)。

(45)『アエネーイス』(第十二歌、六四-六九行)。

(46)『カンツォニエーレ』(一五七、一二-一四行)。

(47)『カンツォニエーレ』(一五六、九-一四行)。この引用は、詩人が想いを寄せるラウラの泣く姿を描いている。

（48）『アエネーイス』（第三歌、五八九行）。

（49）『アエネーイス』（第四歌、一二九行）。

（50）『カンツォニエーレ』（二一九、一―五行）。

（51）『狂えるオルランド』（第十一歌、六五、一行）。この連の全体は次のとおり。「その美しい顔は、まるで雨が落ちたと思ったらたちまち太陽が現れて周りの雲を払いのける、春に時折見られる空模様のようだった。ナイチンゲールが、緑の枝葉のあい間で優美な舞いを踊るように、愛の神は彼女の美しい涙で翼を濡らし、その清らかな瞳の輝きを賞味する」。

（52）『アエネーイス』（第四歌、五二二行）。後続の詩行は次のとおり。「夜となった。穏やかな眠りを楽しみながら、疲れた／体が地上に横たわり、森も海面の波立ちも／静まっていた。このとき星々は滑り行くめぐりのなかばにあり、／このとき田野のどこにも声はない。家畜も彩り美しい鳥たちも、／広く澄み渡る湖や、茨の茂る／田園に住む生き物どれも、夜のしじまのもと眠りについていた」（『アエネーイス』、岡道男・高橋宏幸訳、京都大学出版会、一七五頁より引用）。

（53）『カンツォニエーレ』（一六四、一行）。このソネットの第一連は次のとおり。「空も大地も風も押し黙り、獣も鳥も動きを止めて眠り込み、夜は星の馬車をめぐらせて、海は波も立てずに寝所に伏す今この時」。

（54）ヘクサメトロスで歌われたウェルギリウスの『農耕詩』を指している。

トルクァート・タッソの創作理論について

村瀬有司

トルクァート・タッソは、英雄詩の創作技法について複数の考察を書き残している。本書はその最初の論考を訳出したものである。以下では、タッソとその創作理念について、一、詩人の略歴、二、当時の詩論の背景、三、『詩作論』の特色、四、晩年の理論的変化、という順序で紹介したい。

一　詩人の生涯

トルクァート・タッソは一五四四年、イタリア南部の街ソレントに生まれた。父はベルナルド・タッソ、母はポルツィア・デ・ロッシ、七つ年上の姉コルネーリアがいる。ベルナルドは北イタリアの街ベルガモの貴族の出で、タッソが生まれた当時はサレルノの君主に仕えていた。しかし南イタリアの政変に主君とともに巻き込まれて失脚し、単身で各地を転々とすることになる。ベルナルドは身を寄せたローマに家族を呼び寄せようとしたが、合流できたのはトルクアート一人だった。このような状況のなか母ポルツィアはナポリで死去している(一五五六年)。タッソは後年、当時のイタリア詩人には珍しく、幼くして生き別れた母親に対する想いを詩と書簡に書き残している。

その後タッソはベルナルドとともにウルビーノ、ヴェネツィアなどを渡り歩いたのち、父の勧めで一五六〇年からパドヴァ大学にて法学を学び始める。しかしイタリアの詩人にまま見られるように法学の勉強を途中でやめて、修辞学と哲学の講座に通うようになる。このパドヴァ大学では当時アリストテレスの『詩学』の研究が盛んに行われていた。タッソはここで詩論に関する最先端の情報を吸収する。また本書で言及されているスペローネ・スペローニやシピオーネ・ゴンザーガと知り合ったのもこの地においてである。『詩作論』が執筆されたのも、このパドヴァ時代とみられる。また同じ時期に騎士物語『リナルド』(一五六二年)をヴェネツィアで刊行している。

一五六五年、タッソは父親が一時仕えていたフェラーラのルイージ・デステ枢機卿のもとに身を寄せる。このフェラーラ時代がタッソの人生の分水嶺をなしている。この街に住み始めてから十年ほどが詩人の生涯で最良の時期と考えられている。この期間にフェラーラの名高い文人らと親交を結び、アルフォンソ二世の妹ルクレツィアとエレオノーラの知己をえている。またエステ宮廷の貴婦人たちをたたえる詩歌によって名声を高め、牧歌劇の傑作『アミンタ』を執筆し、一五七五年にはおよそ十年の歳月を経て『ゴッフレード』(『エルサレム解放』)を書き上げた。

タッソはこの草稿をローマ在住の五人の文人・聖職者に送って意見を求めたが、一部の論者から予想外に厳しい倫理的批判を受け作品の修正を余儀無くされる。この頃から詩人は異端の嫌疑を気にするようになり、自らフェラーラの異端審問官のもとに赴き告解を行っている。また待遇面での不満からアルフォンソ二世との折り合いが悪くなり、フェラーラ宮廷を離れることを考え始める。このような状況のなか心身の変調をうかがわせる言動が見られるようになり、自分を監視しているという疑念から召使にナイフで襲いかかり一時的に身柄を拘束されている

（一五七七年）。留め置かれていた修道院を抜け出してソレントまで行き、羊飼いに変装して姉のもとを訪ね、自分が死んだという知らせを告げてその反応を確かめたという逸話はこの時のことである。翌年以降、フェラーラに戻っては出立することを繰り返し、一五七九年にフェラーラに帰った際にエステ宮廷に暴言を吐いたことがきっかけで七年に及ぶ軟禁生活を送ることになる。当初の隔離措置が緩められるにつれて訪問者との面談や執筆活動が可能になったが、この時期の書簡には、幻覚や幻聴を訴える深刻な言葉が散見される。またこの期間に『ゴッフレード』の草稿が作者の承認をえないまま刊行されたことも、詩人の心労を募らせる一因となった（その版の一つが『エルサレム解放』というタイトルだったために以後この名称が定着する）。さらに『エルサレム解放』とアリオストの『狂えるオルランド』を比較して前者の優位を主張する論考（カミッロ・ペッレグリーノ『カッラーファあるいは叙事詩について』、一五八四年刊）が発表されたのをきっかけに、二人の詩人の優劣を巡る論争が激化し、タッソ自身もこれに巻き込まれ批判への対応を迫られることになった。

一五八六年、タッソはマントヴァのヴィンツェンツォ・ゴンザーガの取りなしで自由の身となった。しかし、ほどなくマントヴァを離れ、ローマ、ナポリ、フィレンツェなどを転々とし、いったんマントヴァに戻る（一五九一年）も、再びローマにおもむき、晩年は主にローマとナポリに滞在しながら『エルサレム征服』、『天地創造』などを書き上げた。一五九五年四月二十五日、ローマの聖オノフリオ修道院にて死去。

二　『詩作論』の背景

タッソは第一回十字軍による聖地解放を歌った英雄叙事詩の傑作『エルサレム解放』を一五七五年頃に書き上げたが、その後も加筆修正をつづけて『エルサレム征服』という新たな作品として晩年に刊行している。この生涯にわたる創作活動と並行して、タッソは英雄叙事詩の創作技法の研鑽に努めている。早くも一五六〇年代の前半に最初の考察『詩作論』（一五六二年ごろ）を書き上げ、それ以降も『エルサレム解放のアレゴリー』（一五七六年）、『エルサレム解放の弁明』（一五八五年）、『英雄詩論』（一五八七年頃執筆、一五九四年刊行）、そして作者の死によって未完に終わった『エルサレム征服の考察』と、青年期から晩年に至るまで、倦むことなく技法の研究を続けている。このように英雄詩の創作と、その方法論の探究を生涯にわたってパラレルに行いつづけたところにタッソという詩人の一つの特色がある。

イタリアでは、十六世紀に至るまで俗語で書かれた叙事詩の傑作が存在しなかった。騎士物語と呼ばれる長編詩は創作されていたが、ホメロス、ウェルギリウスの作品に匹敵する古典的な英雄叙事詩は書き残されていなかった。数少ない試みの一つがトリッシノの『ゴート族からのイタリア解放』(一五四七－一五四八年刊行)だったが、タッソが本書で述べているようにこの作品は当時の文人から失敗作と見なされていた。手本となる先例を欠いたこのような状況が、英雄詩の創作とその技法の研究を詩人に促す一因となっている。

加えてこの時代のイタリアでは、理論の探求そのものが一種の流行となっていた。十六世紀は、詩の分野だけでなく、絵画、彫刻、建築から、言語や政治、あるいは宮廷人の作法といった実用的なテーマに至るまで、多様な分野で技法・技術(アルテ)の探究がなされた時代である。優れた作品を作る、あるいは宮廷人や君主としてよく務めを果たすといった実践活動と合わせて、どうしたらそれが可能になるかという理論的な考察が、各方面において様々なレベルで行われていた。そしてその成果を「論考」として書き残すことがこの時代のイタリアの文化的な潮流となっていた。本書のタイトル *Discorsi dell'arte poetica* が示すように、詩作法の研究もこのアルテの探求の一環をなしている。

詩の領域においては十六世紀の中葉から、それまで取り上げられることの多かった詩形や修辞技法のテーマに加えて、作品の構成やフィクションの是非の問題が、特に英雄詩のジャンルで論じられるようになる。その理由は、アリストテレスの『詩学』と騎士物語という二つの潮流がこの分野においてぶつかり合ったためである。

アリストテレスの『詩学』は、十五世紀末に出版されたラテン語訳（ジョルジョ・ヴァッラ訳、一四九八年刊）とともにイタリアに広まり始めた。その後、十六世紀前半に新たなラテン語訳と複数の注釈書が刊行され、さらに世紀の半ばに俗語訳が出版されて普及が拡大した。この『詩学』は、模倣という創作理念や、それを基にしたジャンル区分、あるいは喜びを与えることを詩の目的とする見解など、詩作に関する重要なトピックを当時の詩人・文人に提供した。このうち英雄詩のジャンルにおいて特に重要となるのが「単一性」と「本当らしさ」である。前者はプロットの全体が有機的に統一された状態、一つにまとめ上げられた様態を指している。後者は多義的な用語だが、主として個々の場面やプロットの展開が本当にありそうであること、蓋然性を備えていることを意味している。

この「単一性」と「本当らしさ」と正反対の特徴を備えていたのが、十五世紀から十六世紀前半にかけてイタリアで流行した騎士物語である。フランスで生まれた騎士物語は、十三世紀の終わり頃から主に北イタリアに浸透し始めたと考えられている。これらの騎士物語は、当初は古フランス語のまま受容されていたが、やがてフランス語とイタリア北部の方言がまじりあった混成言語によって、さらには各地の俗語で再生産されるようになり、内容もフランスの騎士物語を焼きなおしたものから、新たなテーマや登場人物を加えた独自なものへと発展していった。騎士物語には、アーサー王系とシャルルマーニュ系の二つの系列があるが、イタリアで普及したのは特に後者である。この騎士物語の伝播に一役かったのが、庶民を相手に広場で物語を朗誦した職業的な語り手である。この芸人たちは既存の騎士物語のテクストを簡略化し、受けのいい場面をメリハリをつけて聴衆に提供した。この朗誦によるパフォーマンスは騎士物語を庶民に普及させ、彼らの好みに結びつけたという点で重要である。特に十五世紀のフィレンツェでは、この街の伝統である民衆文学の影響をうけて、恋と笑いと風刺を盛り込んだ、ルイージ・プルチの『モルガンテ』のような騎士物語詩が登場した。この種の騎士物語はフィレンツェ市民に大いに好まれたが、同じフィレンツェでもラテン語と古代の文芸を重んじる高尚な人文主義者たちからは蔑視されていた。これに対して、伝統的に騎士物語への関心が高かったフェラーラのエステ宮廷では、人文主義教育を受けた詩人のなかからもこのジャンルを手がけるものがあらわれ始める。その代表格がボイアルドとアリオストである。文学作品としての騎士物語は、高度な文学的素養を備えたフェラーラの二人の詩人によって隆盛の頂点に至る。両者の騎士物語（『恋するオルランド』と『狂えるオルランド』）はシャルルマーニュとその騎士たちの活躍を時にコミカルな場面を交えて描き出したものである。どちらの作品も多数のエピソードが繰り出され、物語が一つの主題に縛られることなくかろやかに展開する。特に異教の美女アンジェリカが、キリスト教徒とイスラム教徒、双方の騎士たちを動かす原動力となっている。またこの騎士らの冒険には、しばしば魔術師や、魔女や、妖精や、怪物が登場して彩りを添えている。このような挿話の「多様性」と「驚異」のモチーフは、アリストテレスの「単一性」と「本当らしさ」とは正反対の特徴だった。この騎士物語の流行、特にアリオストの作品の成功が、十六世紀後半の英雄詩の創作理論の背景をなしている。アリストテレスの『詩学』に対して騎士物語をどう評価するか。前者の「単一性」と「本当らしさ」に対して後者の「多様性」と「驚異」をどう位置付けるか。この時代の英雄詩に関する論考は、これらの問題に対して何らかの回答を示すことを迫られている。

三　タッソの『詩作論』

『詩作論』は、先行する十六世紀の創作理論を踏まえつつ、完璧な英雄詩を作るのに必要となる技法を検証したものである。タッソの創作理論の主要な特色はこの最初の論考にすでにあらわれている。特に重要な点は、対立項の両立に努めていること、並びに模倣を創作の軸にしていることである。

プロットの「単一性」と「多様性」にかんして、タッソは『詩作論』の第二巻で、前者を英雄詩に必要不可欠な本質と見なしつつ、それを損なわない範囲で後者を取り込む方針を打ち出している。この「多様性」は、読者の様々な関心を満たすために必要とされていた。二つの用語は、具体的にはメインプロットとエピソードに対応している。タッソは挿話を本筋に緊密に結びつけることで、単一性を損なうことなく多様性を導入できるという考え方をとっている。『詩作論』ではこの有機的な作品構成が、新プラトン主義の影響をうかがわせる調和に満ちた世界観とともに提示されていた。このように導入されたエピソードは騎士物語にまま見られる脈絡のない挿話ではなく、「一部を取り除けばすべてが瓦解するような」全体と緊密に結びついた部分となる。メインプロットとエピソードを結ぶ具体的な方法は、『詩作論』を書き改めた『英雄詩論』に確認することができる。

したがって英雄詩における多彩さのすべては、目的達成の手段もしくは妨害から生まれるでしょう。これらは多様であり、多くの様態、さらには多くの性質をともなうと言えますが、にもかかわらず、筋立ての単一性を損なうことはないでしょう。手段のもとになる発端が一つであり、その向かうところの目的が一つであるならば。

(*Discorsi del poema eroico*, 148)

このように、タッソは主題の援護もしくは妨害という明確な役割を与えることで、メインプロットの一貫性を損なうことなく多様なエピソードを取り入れることができると考えている。実際、『エルサレム解放』には、聖地解放の責務から十字軍の騎士たちを逸らせる挿話と連れ戻す挿話が認められる。魔女アルミーダの誘惑によって騎士たちが戦線離脱する話は前者の、絶海の孤島でアルミーダと逸楽の日々を送る勇者を連れ戻すくだりは後者の典型である。このような挿話の捉え方は作品の修正作業にも影響を及ぼしており、『エルサレム解放』に見られるいくつかのエピソードは、聖地解放の主題に緊密に結びついていないことを一つの理由として後年の『エルサレム征服』から削除されることになる。

「単一性」と「多様性」に見られるタッソの折衷的な方針は、「本当らしさ」と「驚異」のテーマにも認められる。『詩作論』における「本当らしさ」は主として読者にとってのリアリティーを意味している。タッソはこの「本当らしさ」を英雄詩に必要不可欠と見なしつつ、これを損なわずに「驚異」を取り入れる方法を検討する。この「驚異」も「多様性」と同じく読者の楽しみのために必要とされていた。これは具体的には「魔法の指輪や、魔法の盾、空を飛ぶ馬」といった騎士物語を彩るテーマである。先述のとおり、アリストテレスの『詩学』が普及する以前に流行したイタリアの騎士物語は、概して「本当らしさ」の追求に無頓着であり現実にはありえないことが頻出する。このような出来事が制約なしに描き出されれば、その作品は荒唐無稽なおとぎ話になりかねない。そうなれば読者の心を動かすこともできなくなる。『詩作論』ではこの問題の解決策として「大多数の意見」を利用した方法が提示されている。人々が信じる神や聖人、あるいは悪魔や魔術師の行いとして驚異を描き出せば、現実には起こりえない出来事も本当らしく見せることができるとタッソは指摘する。騎士物語においては、驚異は必ずしもキリスト教の文脈のなかに明確に位置付けられてはおらず、帰属の曖昧な怪物や妖精がまま登場する。これに対して『エルサレム解放』の驚異は、聖地解放という主題のなかではっきりとした宗教的意味を担うことになる。

古典叙事詩	騎士物語
単一性	多様性
本当らしさ（模倣）	驚異（想像）
読者の感化	読者の楽しみ

タッソの創作理論における古典叙事詩と騎士物語の特徴

ここで「本当らしさ」と「驚異」を両立させる方法について補足しておきたい。タッソは『詩作論』の第一巻で、筋立てに絡めて「本当らしさ」と「驚異」を結びつけることができると述べていた。その詳細は『詩作論』には記されていないが、晩年の創作理論から、「驚異」をメインプロットではなくエピソードとして、作品の冒頭と末尾ではなく中間部という目立たない位置に挿入するやり方が考えられていたと推測される。

> 真実と虚偽の混成に関する問題について、私は、真実が大部分を占めるべきだと考えている。というのも、全体の中心をなす発端部分は真実であるべきであり、また全ての出来事が収斂していく結末も真実でなければならないからである。そして、物語の発端と結末とが真実であれば、虚偽は中間部分に容易に紛れ、エピソードとともに挿入することができる。
>
> (*Giudicio sopra la Gerusalemme riformata*, 17-18)

このようにエピソードとして挿入された嘘（＝驚異）は、メインプロットと緊密にリンクすることでさらに本当らしさを増すと考えられる。挿話に割り振られた驚異は、主人公の行動の援護や妨害といった具体的な意味をもつことになる。このような役割をもった驚異は、物語の流れのなかでありそうなこととして認知される。現実には起こりえない出来事も、話の展開に必要なことであるなら必ずしも不自然な嘘とは見なされない。主人公の危機を救うような出来事であればなおさらである。タッソが示唆した筋立てにかかわる方法は、おおよそこのようなものだったと考えられる。

加えて、創作理論では言及されていないが『エルサレム解放』から読み取ることのできる方法にもふれておきたい。これは登場人物の語る伝聞情報として驚異を語る方法と、魔術がもたらす幻影として驚異を描くやり方である。『エルサレム解放』の驚異のいくつかは、登場人物の回想のなかに現れる。詩人が直接語るのではなく、登場人物の言葉を介して驚異を描くことでリアリティーの維持が容易になる。また夢や幻影は、現実に起こったことではなくそう見えたことに過ぎない。この主観の枠組みを利用することで、ありえない出来事を合理的に提示することが可能になる。『エルサレム解放』の驚異はしばしばこのような形で本当らしさを醸し出している。

以上に確認してきた「多様性」と「驚異」は、読者を楽しませることに加えて、創意を発揮する場になりうるという点でも詩人にとって重要である。特に現実にはありえない「驚異」はフィクションの典型である。詩人の創意は、「本当らしさ」という用語にも含意されていた。タッソが『詩作論』第二巻で強調したように、「本当らしさ」を追求する詩人は歴史家と異なり、必要に応じて事実を書き換えることができる。このような詩人の創意に対する配慮がタッソの創作理論に奥行きを与えている。

一方で、タッソは英雄詩の創作において「模倣」を何よりも重視していた。対象を再現するこの「模倣」は、「本当らしさ」の根拠にもなっている。「模倣するとは、似せることを意味している」ので、再現された像は、対象の似姿として本当らしく見えなければならない。このような対象と像の照応関係は、『詩作論』第三巻の文体論にも通底している。言葉は事物の像として、その性質に従わなければならない。まず対象があり、次にそれにふさわしい着想があり、最後に着想に見合った言葉がくる。このプロセスでは、もとの存在が重要になる。もとの事物が着想の在り方を規定し、着想が表現の在り方を決定する。このような源泉の重みは、歴史から取った題材がただちに本当らしさをもたらすというタッソの言葉にもうかがうことができる。実際は、事実を描いたからといって本当らしく見えるわけではないし、ありえないことを語ったからといって本当らしく見えないわけでもない。重要なのは対象を表現する際の形式の効果だが、模倣を重んじる立場からすると、言葉の力で白を黒に見せることは許されない。求められているのはあくまでもとの性質に忠実な像、内容にふさわしい表現を作ることである。模倣に特徴的なこの源泉の権威は、タッソの晩年の創作理論で重要な役割を果たすことになる。

四　作品と理論の変化

タッソは『エルサレム解放』から『エルサレム征服』への修正作業の過程で複数のエピソードを削除している。そのきっかけとなったのが、書き上げたばかりの草稿を巡って一五七五年から七六年にかけて行われたローマ在住の文人・聖職者との意見交換だった。このやり取りのなかで恋と魔法の挿話に対する批判が、枢機卿シルヴィオ・アントニアーノから詩人に寄せられた。これを受けてタッソは該当箇所を削除し始める。

また、あれらの個所に関しましては、私は自分の叙事詩から、官能的と判断された詩連だけでなく、魔法と驚異を歌ったいくつかの部分も削除する所存です。それ故、騎士たちが魚に変身するくだりが作中に残ることはないでしょうし、あまりにも奇妙なあの墓の奇跡も、鷲の変容も、同歌に描かれたリナルドの幻視も、閣下が異端審問官として断罪したり、あるいは詩人として是認しなかったその他の部分も、作中に残ることはないでしょう。

（シルヴィオ・アントニアーノ宛、一五七六年三月三十日付け書簡）

恋については官能的な個所が、驚異にかんしては史実と異なる点が指摘された。このうち、創作理論のなかで特に問題となったのは後者である。

本当のことを言えば、私は自分の詩にこのような驚異を導入してしまったことをほとんど後悔いたしております。それは、私が詩の道理にしたがって普遍的に語ることができる、あるいは語るべきだと考えていないためではありません（私はこの点については非常に強情であり、叙事詩というものは、このような奇跡に満たされていればいるほど、いっそう優れたものになると信じつづけております）。そうではなくて、ゴッフレードのこの特異な物語には、恐らく、別の記述がふさわしかったからです。また恐らく私自身が、この時代の厳格さと、今日のローマの宮廷を支配している風潮に、しかるべき注意を払ってこなかったからです。

（シピオーネ・ゴンザーガ宛、一五七五年十月一日付け書簡）

ここに見られる「詩の道理にしたがって普遍的に」という表現は、詩人は歴史家と異なり、個々の事実ではなく普遍的な本当らしさを目指すというあの考え方を指している。しかし、ローマの聖職者が求めてきたのは、詩人の創意ではなく、歴史を忠実に語ることだった。十字軍の偉業を叙述するに当たって、史実と異なる創作は必要とされない。楽しみのための虚構であればなおさらである。タッソはこの対抗宗教改革期のローマの風潮を知るに及んで驚異の挿話の一部を草稿から削除すると同時に、創作理論においてもその扱いを再検討し始める。その際に目を向けたのが、像のもとになる存在だった。タッソは詩人の模倣に対するプラトンの批判を踏まえつつ、新たにイデアという言葉を創作理論に導入してこれを驚異の源泉として位置づける。晩年の理論書『エルサレム征服の考察』では、超自然の事象は宗教的アレゴリーと見なされることになる。このアレゴリーは、信仰のイデアを象った形象に他ならない。このような驚異はもはや恣意的な虚構ではなく、イデアという真の実在の像として存在を保証される。実際、『エルサレム征服』にはこの種の寓意的な驚異が新たに導入されている。

このようにタッソの詩論がカトリックの教義を取り入れるのに合わせて、技法（アルテ）そのものについても宗教的な意義が強調されるようになる。詩作法の研究は、アルテの探究を意味していた。このアルテには詩人の天賦の才やインスピレーションを自然の一部と見なして制御する役割が含まれているが、タッソの晩年の対話作品（『フィチーノあるいはアルテについて』）では、アルテがさらに秩序をもたらす理性そのものとして捉えられ、詩人の技法と神の技の類似性が強調されることになる。創造主の技が調和ある世界を生みだしたように、詩人の技法は秩序ある作品を生みださなければならない。このようなアルテの意義がタッソの創作理論を支えることになる。

【主要参照文献】

翻訳・注釈・研究書

アリストテレス『詩学』、松本仁助・岡道男訳、『アリストテレース詩学・ホラーティウス詩論』、岩波文庫、一九九七年。

ウェルギリウス『アエネーイス』、岡道男・高橋宏幸訳、京都大学出版会、二〇〇一年。

ウェルギリウス『農耕詩』、小川正廣訳、『牧歌／農耕詩』、京都大学出版会、二〇〇四年。

デメトリオス『文体論』、渡辺浩司訳、『ディオニュシオス／デメトリオス　修辞学論集』、京都大学出版会、二〇〇四年。

ホメロス『イリアス』、松平千秋訳、岩波文庫、一九九二年。

ホラーティウス『詩論』、岡道男訳、『アリストテレース詩学・ホラーティウス詩論』、岩波文庫、一九九七年。

ホラーティウス『書簡詩』、高橋宏幸訳、講談社学術文庫、二〇一七年。

ラウスベルク、ハインリッヒ『文学修辞学』、萬澤正美訳、東京都立大学出版会、二〇〇一年。

Sberlati, Francesco, *Il genere e la disputa*, Bulzoni editore, Roma, 2001.

Villoresi, Marco, *La letteratura cavalleresca*, Carocci editore, Roma, 2000.

参照テクスト

Castelvetro, Lodovico, *Poetica d'Aristotele vulgarizzata e sposta*, a cura di W. Romani, Laterza, Bari, 1978-1979.

Giraldi Cintio, Giovambattista, *Discorso di Giovambattista Giraldi Cinzio intorno al comporre dei romanzi*, in *De' romanzi, delle commedie e delle tragedie*, Arnaldo Forni editore, 1975.

Pellegrino, Camillo, *Il Carrafa, o vero della epica poesia*, in *Trattati di poetica e retorica del Cinquecento*, a cura di B. Weinberg, vol., III, Laterza, Bari, 1972.

Tasso, Torquato, *Discorsi dell'arte poetica*, a cura di E. Mazzali, in Torquato Tasso, *Prose*, Riccardo Ricciardi Editore, Milano-Napoli, 1959.

Tasso, Torquato, *Discorsi del poema eroico*, in *Discorsi dell'arte poetica e del poema eroico*, a cura di L. Poma, Laterza, Bari, 1964.

Tasso, Torquato, *Giudicio sovra la "Gerusalemme" riformata*, a cura di C. Gigante, Salerno editrice, Roma, 2000.

Tasso, Torquato, *Il Ficino overo de l'arte*, in *Dialoghi*, a cura di G. Baffetti, Rizzoli, Milano, 1998.

Tasso, Torquato, *Lettere poetiche*, a cura di C. Molinari, Ugo Guanda Editore, Parma, 1995.

Tasso, Torquato, *Rinaldo*, a cura di M. Navone, Edizioni dell'Orso, Alessandria, 2012.

著者／訳者について――

トルクァート・タッソ（Torquato Tasso）　一五四四年、イタリア南部のソレントに生まれる。一五九五年没。詩人。父にしたがってイタリア各地の宮廷を渡り歩いたのち、一五六五年からフェラーラのエステ家に仕え、詩作により名声を高めるものの、自作への批判、フェラーラ公との関係の悪化等から心身に変調をきたして奇行に走り、七年に及ぶ軟禁処分を受ける。解放後は各地の君主・貴族のもとに身を寄せながら創作を続け、ローマにて死去。主な著作に、本書のほか、『アミンタ』（一五八〇刊）、『エルサレム解放』（一五八一刊）などがある。

＊

村瀬有司（むらせゆうじ）　一九六九年、静岡県焼津市に生まれる。京都大学大学院文学研究科博士後期課程研究指導認定退学。現在、京都大学大学院文学研究科准教授。専攻、ルネサンス期イタリアの詩と詩論。主な論文に、「『エルサレム解放』における直接話法の配置と効果――前置型の導入表現に導かれた行頭から始まる発話について」（『イタリア学会誌』六八、二〇一八）、「『エルサレム解放』における一行の直接話法の配置と効果」（『天野恵先生退職記念論文集』、二〇一八）などがある。

装幀——西山孝司

イタリアルネサンス文学・哲学コレクション②

詩作論

二〇一九年四月一九日第一版第一刷印刷　二〇一九年四月三〇日第一版第一刷発行

著者――トルクァート・タッソ
訳者――村瀬有司

発行者――鈴木宏
発行所――株式会社水声社
東京都文京区小石川二―七―五　郵便番号一一二―〇〇〇二
電話〇三―三八一八―六〇四〇　FAX〇三―三八一八―二四三七
［編集部］横浜市港北区新吉田東一―七七―一七　郵便番号二二三―〇〇五八
電話〇四五―七一七―五三五六　FAX〇四五―七一七―五三五七
郵便振替〇〇一八〇―四―六五四一〇〇
URL : http://www.suiseisha.net
印刷・製本――モリモト印刷
ISBN978-4-8010-0402-3

イタリアルネサンス文学・哲学コレクション

責任編集＝澤井繁男

［次回配本］

哲学詩集　トンマーゾ・カンパネッラ　澤井繁男訳

イタリアを支配するスペイン帝国に対し、蜂起を計画して逮捕された自然哲学者・詩人カンパネッラが、三十年近い獄中生活の間に執筆した詩を集成した末期ルネサンス文化を飾る作品。詩人の宇宙観の神秘的表明とともに、虚偽と不正に満ちた「外」の社会にたいするメッセージが込められた、往時の倫理の様相をもうかがい知ることのできる人倫の詩集。

予価＝四五〇〇円＋税

＊

都市盛衰原因論　ジョヴァンニ・ボテロ／石黒盛久訳　定価＝三〇〇〇円＋税

コルティジャーナ――宮廷生活　ピエトロ・アレティーノ／栗原俊秀訳　近刊

書簡集　ガリレオ・ガリレイ／小林満訳　近刊

人間の生について　マルシリオ・フィチーノ／河合成雄訳　近刊